두 해 여름

두 해 여름	에리크 오르세나 · 이세욱 옮김
Deux étés	Erik Orsenna

DEUX ÉTÉS
by ERIK ORSENNA

This edition is published by arrangement with Librairie Arthème Fayard through Shinwon Agency.

이 책은 실로 꿰매어 제본하는 정통적인 사철 방식으로 만들어졌습니다.
사철 방식으로 제본된 책은 오랫동안 보관해도 손상되지 않습니다.

질 샤인을 위해

장베르나르 블랑드니에를 위해

번역가 노릇을 했던 섬의 모든 형제를 위해

이따금 시야에 나타나는 그 섬들은
단단한 뭍이나 뚜렷한 실체가 아니라,
여러 물이 어우러져
이리저리 흐르는 속에서 길을 잃고 헤매는 땅,
곧 떠도는 섬들이다.

에드먼드 스펜서, 『요정들의 여왕』
제2권, 열두 번째 노래

무릇 섬의 사랑을 보고 배우며 자란 아이들은 행복하다. 그 아이들은 장차 저희가 살아가는 데 실제로 도움이 될 것들을 더없이 빠르게 터득한다. 상상, 고독, 자유는 물론이고 물에 대한 얼마간의 거드름까지. 그리고 수평선 살피는 법과 돛배로 항해하는 법과 떠나는 법을…….

우리의 섬.

9월부터 이듬해 6월 말까지, 파리 학창 생활의 단조로운 분위기 속에서 우리는 오로지 그 섬만을 동경했다. 우리의 침실이건 학교 책상의 개폐식 상판 뒷면이건 어디에나 섬의 지도를 붙여 놓았을 만큼. 어쩌면 우리 눈꺼풀 안쪽에도 섬이 붙어 있었는지 모른다. 눈을 감아도 그 모습이 선하게 보였으니 말이다. 사랑과 모험을 향한 우리의 포부는 그 섬으로 집중되었다. 우리가 읽은 책의 주인공들도 우리와 함께 섬의 주민이 되었다. 로빈슨 크루소는 물론이려니와 삼총사와 산세베리나[1]까지도. 아마도 산세베리나는 자기가 거기, 해류에 깎인 두 덩이 옹색한 화강암 섬에 놓여 있음을 알고 무척이나 놀랐으리라.

섬은 우리의 약점에 대해 부끄러움을 느끼게 하면서도, 한편으로는 무슨 일에 대해서건 우리에게 위안을 주었다. 그 누가 우리를 섬보다 더 잘 가르칠 수 있었으랴?

또 그 섬은 우리가 어른들과 공유했던 하나뿐인 유산이었다. 어른들 역시 섬의 지도를 가지고 있었다. 보험업자, 의사, 혹은 장난감 회사의 사장이었던 그들의 사무실에는 액자에 끼워진 지도가 걸려 있었다. 그들 역시 조금은 거창한 온갖 꿈과 바닷가에 대한 갈망을 우리 섬에 걸었다.

섬으로 떠날 시간이 되면 우리 모두는 온통 환희에 차 있었다. 그때의 우리 모습이 기억에 삼삼하다. 우리가 타고 가던 하얀 르노 승용차를 우리는 쾌속 범선이라고 불렀다. 그러니까 파리의 생클루 문만 나서면, 벌써 우리의 항해가 시작되었던 셈이다.

1 스탕달의 소설 『파르마 수도원』에 나오는 여주인공.

우리 삶의 나머지 부분은 미련 없이 잊혀도 좋을 만큼, 우리는 징검돌을 디디며 여울을 건너듯 여름에서 여름으로 걸러뛰며 한 해 한 해를 보냈다.

1

어떻게 그게 될까? 여름휴가가 시작되는 7월 초순이면 벌써부터 대가족이 북적거리는 집에서. 정말 어떻게 그게 가능할까? 사촌, 육촌, 고모와 이모 및 어버이와 한 항렬 되는 그 밖의 아주머니들, 형제자매, 교우(敎友) 자매, 방계의 홀어미들, 오래전부터 집안의 친구로 지내온 여인들, 조부모, 늘 정정하셨던 친·외가의 증조모들, 유산깨나 물려받은 것으로 보이던 친척 아저씨들, 인척들 — 실망스럽기 그지없던 사위들과 향수 냄새를 심하게 풍기던 며느리들 — 까지 그토록 가까이에서 에워싸고 있는데. 그 모든 사람들과 떨어져 잔다고는 하지만, 칸막이라는 것이 있어도 종잇장보다 나을 게 없고, 대개는 그저 꽃무늬 커튼 한 자락이 침실의 경계가 되기 십상인 형편에 어떻게 그 짓을 할 수 있을까? 중고 가구 가게의 골방이라도 되는 양 크고 작은 온갖 침대들이 빼꼭히 들어찬 데다 아이들까지 오글오글 모여 있는 작은 방에서. 그것도, 제 베개에 올라선 막내둥이가 생글거리는 낯으로 보고도 못 본 체하며 앙큼하게 훔쳐보고 있거나, 아니면 더 높은 곳에서 사춘기를 앞둔 장난꾸러기들이 대대로 그 나이 때면 찾아내는 천혜의 비밀, 즉 전나무 천장에 뚫린 구멍을 통해 가슴을 졸이며 엿보고 있는 마당에 어떻게 내외간의 운우지락을 나눌 수 있을까?

행위 그 자체로 말하자면, 이불 속에서 그럭저럭 해치우는 것은 언제라도 가능하다. 이듬해 봄이 되면 어김없이 불어나는 많은 자손들이 바로 그 증거다. 부부들은 매트리스 밑의 가로 널이나 용수철이 소리를 내지 않게 하는 법, 환희가 절정에 달한 순간에 주먹을 물어뜯는 법, 시트를 더럽히지 않도록 도톨도톨한 벌집무늬 수건을 미리 깔아 두는 법 — 시트에 작은 얼룩 하나라도 생기는 날에는 언제까지나 두고두고 이러쿵저러쿵 말들이 많을 것이므로 — 을 이내 터득한다.

그러나 운우지정을 나누는 데 반드시 따르게 마련인 음악, 요컨대 감창소리는 어찌할 것인가?

밤잠을 자는 동안이건, 오수를 틈타 낮거리를 할 때건, 온 집안 식구들이 한시도 귀를 팔지 않고 엿듣고 있는 상황에서는, 〈으응, 으응〉 하는 투합의 신음을 아무리 나직하게 뱉는다 해도, 또 〈조금만 더, 조금만 더〉 하는 추임새를 아무리 작은 소리로 귓구멍에 흘려 넣는다 해도, 식구들은 그것을 대번 달콤한 교성으로 알아듣기가 일쑤였다.

그런 일이 있은 다음 날이면, 아침의 고요를 뚫고 난데없이 바닷가로부터 〈아, 그래, 조금만 더, 조금만 더……〉 하고 어른들을 흉내 내는 악동들의 신음 소리가 일곤 했다. 그러면, 두건을 쓴 채 테라스에 나와 있던 할머니들은 뜨개질하던 손을 늦추지 않고 젊은것들의 조심성 없음을 말밥에 얹었다.

결국, 소리의 장본인들은 불편하고 어색해서 아침 식사 내내 고개도 못 들고, 그 일을 가슴에 새겨 이후로는 새어 나오는 밀어를 어떻게든 도로 삼키게 되는 것이었다.

그렇듯 사랑의 밀어를 억눌러야 하는 이 섬에 어느 날 자그마한 남자 하나가 들어왔다. 목신(牧神) 같은 인상을 풍기는 검은 눈의 이 남자는 하얀 리넨 정장을 품위 있게 차려입고 있었다. 그런 식으로 멋을 부리다가는 뱃사람들의 웃음가마리가 된다는 것을 전혀 염두에 두지 않은 모양이었다.

그는 슬픔에 쫓겨 파리를 떠나온 사람이었다. 거기에는 얼마 전에 세상을 떠난 연상의 벗, 장 콕토를 생각하게 하는 추억들이 너무나 많았다. 〈당대 최고의 시인〉이었던 장 콕토는 생미셸 대로에 있던 그의 숙소로 종종 찾아와, 새벽녘까지 그가 초견 연주(初見演奏)하는 쿠프랭[2]의 음악을 감상하며 홀린 듯 그를 지켜보곤 했다. 그렇게 피아노를 치고 있을 때면, 그는 옷을 좀 걸치고 있다는 점만 빼놓고는, 님프들을 쫓는 젊은 목신의 모습 그대로였다.

섬은 그의 첫 기항지가 아니었다. 그는 온 프랑스를 두루 돌아다니며 새로운 거주지, 새로운 정박항을 찾고 있었다. 번역을 업으로 삼고 있는 만큼, 일은 자기 맘에 드는 곳이면 어디에서라도 할 수 있는 사람이었다.

남북으로 3킬로미터, 동서로 1.5킬로미터밖에 되지 않는 이 섬을 답사하는 데는 오랜 시간이 걸리지 않았다. 섬의 경이로운 요소들을 하나하나 발견해 감에 따라 즐거운 확신이 답사자의 마음에 닻을 내렸다.

2 François Couperin(1668～1733). 프랑스의 작곡가이자 쳄발로 연주자.

〈찾았어. 사는 맛을 다시 느끼게 해줄 장소를 찾아내고야 말았어.

이곳의 미기후(微氣候)는 비와 추위라면 질색인 나에게 꼭 맞아. 구름을 주눅 들게 하는 섬이로고. 대륙에 붙잡힌 듯 구름이 저기 멀리에 머물러 있잖은가. 공기가 아주 다사로워서 기분이 그만이군. 아마 북대서양 해류의 한 갈래가 섬을 어루만지듯 스쳐 가는 모양이야. 식물상(植物相)도 특별해. 알로에, 미모사, 종려나무 등 여러 위도의 식물들이 한데 어우러져 있으니. 영불 해협 한복판에 사르데냐섬 한 조각이 날아와 있는 것 같아.

내가 하는 일이란 나룻배를 부리는 뱃사공의 일이나 마찬가지야.[3] 이 군도의 어느 한 곳에서 다른 곳으로 배들이 끊임없이 오가고 있어. 그 어떤 풍광이 이보다 더 많은 영감을 줄 수 있을까?

게다가, 사람들 말이 8월 25일부터는 섬이 한적해지고, 간만의 차가 세계에서 가장 큰 축에 든다는 조석(潮汐)이 하루에 두 번씩 머리를 맑게 씻어 준다잖는가. 또

3 번역하다*traduire*라는 동사는 건너게 해주다*traducere*라는 라틴어에서 나왔으므로, 번역가란 결국 언어의 나루를 건너게 해주는 뱃사공인 셈이다.

매주 수요일이면 리오레[4]를 먹으면서 어린 시절로 되돌아갈 수 있다고도 하고. 그러니, 이제 다른 곳을 찾아 돌아다닐 필요가 없어. 드디어 목적지에 닿은 거야.〉

목신을 닮은 번역가는 섬에 있는 카페 〈파란 엉겅퀴〉의 테라스에서 속으로 그렇게 장광설을 늘어놓고 있었다. 지극히 만족스러울 때면 미간에 주름을 잡는 것이 그의 버릇이었다. 바로 그런 표정을 짓고, 그는 막포도주가 담긴 뒤랄렉스 잔의 가장자리를 도톰한 심홍색 입술로 가만가만 문지르면서 그 발견을 자축했다.

주위에서 들려오는 말들이 자못 신기했다. 오른편에서는 머리가 헝클어진 젊은이 한 패가 그날 오후에 있었던 어떤 사건을 열띤 어조로 평하고 있었다. 자초지종을 알 수는 없었지만, 그들의 화를 단단히 돋운 사건이 있은 듯했다.

「때마침 그토록 멋진 순풍이 불었는데, 그걸 놓치다니!」

「그것도 결승선에서 반 해리 떨어진 곳에서!」

「뒷벌이줄을 더 켕겼어야 했어…….」

「다음번엔 내가 삼각돛 용총줄을 직접 맡겠어.」

4 *riz au lait*. 쌀을 우유에 쪄서 설탕을 끼얹어 만든 후식.

한편, 왼쪽에 자리 잡은 부부의 대화는 한결 조용했다. 성당 제의실에 들어온 사람들처럼 속삭이듯 가만가만 주고받는 이야기 속에 라틴어 낱말들이 간간이 섞여 들었다.

「어쨌든, 우리 묘상은 틀거지가 제대로 잡혔어!」

「그 비스테리아 시넨시스 봤어요?」

「두고 보라고. 다들 원하는 게 있으면 우리한테 부탁할 테니. 뱀 모양으로 휘묻이하는 것보다 더한 일은 없으니까 말이지.」

섬사람들의 대화를 듣고 있던 우리 주인공은 만족스러운 나머지 손을(너무나 작아서 콕토가 자기 손에 꼭 그러쥐고는 〈누가 이 손에서 그토록 비범한 재주가 나오리라고 상상하겠는가〉 하고 탄식했다는 바로 그 손을) 비비며 쾌재를 불렀다.

〈좋아, 잘됐어, 잘됐고말고. 이곳 사람들도 물론 프랑스어를 쓰지만, 그건 여느 프랑스어가 아니라 많은 사투리를 접붙인 언어야. 어휘가 지극히 풍요로운 고장이군. 번역가에게 이보다 더 든든한 게 뭐가 있겠어? 바벨탑이라는 무모한 야망이 있기까지 하나로 되어 있던 최초의 언어, 그 언어의 파편이 이 섬에는 지상의 그

어느 곳보다 많이 흩어져 있지 않은가. 감사합니다, 하느님, 드디어 저는 찾아냈습니다. 이 언약의 땅을!〉

2

「집이라니요, 섬에서 말입니까? 정말 그런 생각을 하고 계신 건 아니겠지요?」

P 읍과 이웃한 도시의 공증인인 H 씨는 물색 모르는 대담한 방문객을 놀란 표정으로 톺아보았다.

「집을 사시겠다고요? 하지만 팔 집은 한 채도 없습니다. 집을 내놓는 가정이 없어요. 게다가, 이건 좀 다른 얘기지만, 가족은 물론 있으시겠지요?」

「무슨 말씀이신지…….」

「미리 아시는 게 좋을 것 같아서 드리는 말씀입니다만, 특별히 운이 좋아서 제가 작은 거 하나쯤은 찾아드릴 수 있다 해도, 가족이 없으시면 곤란합니다. 거기는 만사가 가정을 중심으로 돌아가는 곳입니다. 가정을 이루지 않고는 섬사람들에게 받아들여질 가능성이 전혀 없어요.」

「제겐 조카가 둘 있습니다. 섬에 와서 방학을 보내게 되면 무척 좋아할 겁니다.」

「조카 두 명으로는 가정을 이루었다고 말할 수가 없어요. 좀 더 애써 보시지요. 제 편에서도 나름대로…….」 공증인은 길고 희읍스름한 품이 마치 껍질을 갓 벗겨 낸 선모 뿌리 같은 손가락으로 서류철을 뒤적거렸다. 벽에 걸린 초상이 그를 지켜보고 있었다. 『아크로폴리스에서 올린 기도』의 저자 에르네스트 르낭이었다. 그 자가 공증인 사무실에서 수행하는 역할이 대체 무엇이었을까? 에르네스트 르낭은 그 고장이 자랑하는 반골이었다. 지난 세기에 감히 무소불위의 가톨릭교회에 맞서 싸운 탓에, 그가 거리를 지나갈 때면 악마가 스치는 것을 저어하며 사람들이 길을 비켰을 만큼 이단으로 여겨졌던 사람이다.

「안 되겠어요, 현재로선 하나도 나와 있는 게 없네요. 두 사람의 공동 소유로 되어 있는 랑드리외가 난다면 모를까……. 캥페에서 포도주 가게를 하는 여자하고 그 제랑(弟郞) 되는 베트남계 치과 의사가 그 주인인데, 그것 말고는 내놓을 집이 없을 겁니다……. 허, 이 일을 어쩐다!」

그는 얼굴을 찡그리고 있었다. 공증인들의 성로신공

(聖路神功)이라 할 만한 어떤 복잡하고 성가신 일, 갖가지 장애가 도사리고 있는 어떤 미궁을 생각하고 있는 모양이었다.

「한두 달 기다려 봅시다. 될지 안 될지는 모르지만, 된다 해도 그걸 분명히 하자면 시간이 필요해요……. 공유 재산 중에는 명의를 바꾸기가 아주 까다로운 게 더러 있거든요.」

공증인이 피곤한 기색을 보이며 자리에서 일어섰다.

「마지막으로 한 가지 더 여쭤봐도 되겠습니까?」

공증인은 아무 대꾸도 없이 눈만 끔벅했다. 눈꺼풀의 움직임이 분명히 보일 만큼 감았다 뜨는 동작이 느렸다.

「거기, 섬에서 느낀 건데…… 주민들이 아주 정확한 어휘, 말하자면 전문가들끼리나 주고받을 만한 표현들을 사용하고 있는 것 같더군요. 아이들조차 말입니다. 무슨 얘긴지 잘 아시겠지만, 그들은 〈거시기〉나 〈것〉 같은 말은 쓰는 법이 없고, 그냥 〈밧줄〉 하듯이 어떤 물건을 두루뭉술하게 일컫기보다는 〈쐐기벌레 구제기〉, 〈이중 과수장(果樹牆)〉, 〈이물대 꼬재기〉 하는 식으로 말하더군요.」

「아, 그걸 알아차리셨군요? 물론, 직업이 직업이니만

치 그걸 눈치채지 못하셨을 리가 없겠지요. 그래서 마음이 끌리신 거로군요? 섬사람들이 그런 어휘를 쓰는 건 당연합니다. 지극히 당연한 일이지요, 그렇지 않겠습니까?」

그는 상대방에게 잠깐 눈길을 주었다가, 자기 구두코를 내려다보며 말을 이었다.

「섬은 아주 작습니다. 가보셨으니 잘 아실 겁니다. 그리고 그 경관이 보호되고 있습니다. 더 이상 어떤 건축물도 지을 수 없게 되어 있지요. 그러니, 지금 있는 집들마다 사람들이 빽빽하게 들어찰 수밖에 없어요.」

그는 말을 멈추었다. 기력을 다시 모으고 있거나 누군가에게 도움을 청하고 싶어 하는 것 같았다. 혹시, 지성의 우위와 이성의 진보를 그토록 굳게 믿었던 바로 그 에르네스트 르낭에게서 힘을 얻고자 했던 것은 아니었을까?

「솔직히 고백하자면, 무슨 말씀이신지 잘 이해를 못하겠습니다.」

「그러한 잡거(雜居)는 사랑의 대화를 나누기에 적합하지 않습니다. 그래서 사람들은 다른 것으로 벌충합니다. 사랑이 아니라 다른 것에 대해서 이야기하는 것이지요. 사랑의 대화가 모자라는 만큼 다른 대화가 더

풍성해지는 겁니다. 물론, 저도 잘 모르고 하는 얘기니까 못 들은 걸로 하셔도 됩니다. 이런 식의 설명은 하나의 가정일 뿐이지요. 심리학자가 아닌 저로서는 더 깊은 속사정은 헤아릴 수가 없습니다. 그건 그렇고, 이제부터 선생께선 가족을 만드셔야 합니다. 저도 나름대로 할 수 있는 일을 찾아볼 테니까요.」

3

섬에 얽힌 한 설화는 북쪽 끄트머리께에 있는 붉은 바위들의 내력을 이렇게 전하고 있다. 두 형제가 왕국을 빼앗기 위해 아버지인 왕을 시살했다. 바닷물이 피로 붉게 물들어 가고 있을 때, 하느님은 그 대역죄를 벌하기 위해 그들을 바위로 만들어 버렸다. 그 번역가가 살게 된 곳이 바로 거기, 붉은 바위로 둘러싸인 거친 들가녘이었다.

그에겐 가보 피아노가 있었지만, 그는 그것을 섬에 가져오지 않았다. 설령 가져왔더라도 악기는 섬의 기후를 견디지 못했을 터였다. 습기 때문에 현들이 느즈러지고 줄받침 기둥이 녹녹해지는 판국이었다. 조율사들도 더 이상 섬에 오지 않았다. 하긴, 와서 조율을 한들 무슨 소용이 있었으랴? 섬사람들의 피아노는 사진을 올려놓는 선반 구실을 하고 있었다. 조상들의 초상이나 결혼 기념사진 따위가 악보들의 자리를 대신 차지했다. 결국 그렇게 가구가 되어 버린 피아노에서는 왁스 냄새가 났고, 사람들은 음악을 잊고 살았다.

전에는 공유 재산이었다가, 이제 번역가의 소유가 된 랑드리외라는 건물은 나란히 잇댄 작은 초가 세 채로 이루어져 있었다. 그는 보물을 수집하듯 모아 온 고양이들에게 동쪽 초가를 내주고, 서쪽에 자기 침실을 마련했다. 가운뎃채는 부엌 겸 작업실이었다. 그는 좀과 담뱃불 때문에 펠트 천에 구멍이 숭숭한 카드놀이 탁자를 부엌에 들이고, 그 위에 낡은 레밍턴 타자기를 올려놓았다. 물론 그 고물 타자기로 두고 온 피아노에 대한 아쉬움을 달랠 수는 없는 노릇이었다(그것으로는 쿠프랭을 되살릴 수 없으니). 그러나 비록 피아노 건반은 아닐망정, 손가락으로 두드릴 게 있다는 것은 그나마 다행한 일이었다.

「섬에 오신 것을 환영합니다. 이제 우리와 한 배를 타셨군요.」 수단을 입은 아주 씨억씨억한 사제가 그에게 인사를 건넸다. 마침 두 사람이 식료품점 겸 철물점 겸 담배 가게 겸 문구점에서 나란히 샤를로트 감자를 사던 참이었다. 「언제든 저녁에 사제관에 한번 들르시

구려. 나는 이 섬의 본당 신부요.」

번역가는 그 초대를 놓고 오랫동안 저울질을 했다. 〈반은 세속적이고 반은 프로테스탄트적인 신념을 가진 내가 가톨릭교회의 사제를 만나도 되는 걸까?〉 하면서. 1주일 후, 그는 마침내 그 초대에 응하기로 결심했다.

사제관의 문 두드리는 쇠는 큼직한 구리 돌고래였다.

자갈길에서 자전거를 타다가 떨어졌을 때만큼이나 사람을 얼쩍지근하게 만드는 떫은 능금주 두 사발을 마시고 나서, 본당 신부가 물었다. 「이제부터 하루하루를 어떻게 보내실 생각인가요?」

하루하루의 부피를 채워 나가는 것, 그것은 그의 강박 관념이었다. 섬이라는 곳에서는 시간을 죽이기가 어렵다는 것, 세월에 맞서 싸우기가 거의 불가능하다는 것을 그는 익히 알고 있었다. 마치 다른 곳에서는 서로 적대하던 시간과 공간이 거기에서는 사람들을 미치게 하기 위해 한통속이 되기라도 하는 듯했다.

「번역을 할 겁니다.」

「번역을 한다? 그럼 어떤 언어를? 이렇게 자꾸 물어도 실례가 안 되는지 모르겠구먼…….」

본당 신부는 스스럼없이 말을 놓았다. 하긴, 그의 말마따나 섬은 하나의 배가 아니던가? 섬이 배라면, 우리는 같은 배를 탄 선원들이고…….

「영어를 옮깁니다.」

신부는 눈살을 찌푸렸다. 영국은 이 브르타뉴 지방에서는 평판이 좋지 않았다. 수 세기에 걸쳐 침입과 방화와 능욕과 학살을 일삼은 나라였기 때문이다.

「남방이나 동방의 책들, 예컨대, 스페인이라든가 중국의 책들을 선택할 수는 없는가? 그런 나라 사람들은 우리에게 해를 입히지 않았으니.」

콕토와 자주 만났던 덕분에 번역가는 온갖 종류의 어루만짐을 다 배운 터였고, 특히 남이 듣고 싶어 하는 말을 적절한 순간에 발설하는 무유(撫柔)를 터득해 둔 바 있었다.

「번역가들은 사나포선(私拿捕船)의 뱃사람들입니다.」

신부의 오른쪽 눈, 그러니까 금방이라도 눈시울이 맞닿을 만큼 눈꺼풀이 무거워 보이는데도 용케 감지 않고 있던 그 눈에 아연 광채가 돌았다. 〈하루하루를 채워 나가기 위해서〉 그는 지방 역사 연구에 몰입해 있던 터였다. 그것은 성직자들에게서 흔히 볼 수 있는 관행이었다. 그 연구를 통해서, 그는 천국의 한 조각인 우리의 살가운 섬, 불그레한 바위들과 수국이 흐드러진 이 경치 좋은 섬이 한때는 바다 위를 떠도는 무시무시한 전사들의 고장이었음을 알아냈다. 옛날에 섬의 남자들은 철들기가 무섭게, 프랑스 국왕의 권한으로 발부된 이른바 〈보복 허가장〉, 즉 적국의 선박을 습격해 포획할 수 있는 권리를 인정한 문서를 받았다. 그렇게 국왕의 신임이 주어지면, 그들은 곧바로 작은 범선에 뛰어올라 돛을 올리고, 〈신의도 법도도 모르는 무뢰배〉(영국인들)를 습격하러 바닷길을 달려갔다. 영국인들이 이따금씩 우리 군도를 소탕하러 왔던 것도 사실은 그 때문이었다.

「사나포선의 뱃사람들?」

본당 신부는 대단히 폭력적인 그 뱃사람들의 행위와 더없이 조용한 사람들의 일인 번역 사이에 어떤 공통점이 있는지를 아직 깨닫지 못하고 있었다. 그의 이해를 돕기 위해서는 뭔가를 뚱기쳐 주어야 했다.

「사나포선의 뱃사람들이 무슨 일을 했지요? 마음에 드는 어떤 외국 배가 있으면, 그들은 그 배를 세워 이것저것 조사한 다음, 그 선원들을 바다에 던져 버리고 친구들을 대신 태웁니다. 그러고 나서는 가장 높은 돛대의 꼭대기에 자기들의 국기를 게양하지요. 번역가도 그런 식으로 일합니다. 외국 책을 나포한 다음, 그 언어를 완전히 갈아 치우고 우리 나라 것으로 만들어 버리지요. 책이 배라면 말은 그 배의 선원입니다. 그렇게 생각해 보신 적 없으신가요?」

「딴은 틀린 얘기는 아니구먼……」 본당 신부는 음악 없이 지낸 하루만큼이나 떨떠름한 능금주를 다시 따라 마셨다.

모름지기 세상일이란 건 다 알려지게 마련이고, 남들 모르게 둘이서 귀엣말로 털어놓은 비밀마저도 종당에 가면 모두가 다 아는 소문이 되는 법. 본당 신부와의 그 대화가 있고부터, 번역가는 고샅에서건 큰 마을 광장에서건 모든 섬사람들의 인사를 받게 되었다. 해군에서 퇴역한 노인들 — 넬슨의 영국 함대에 대패했던 트라팔가르 해전의 치욕을 상기하면서 6월 18일이면 옷깃에 검은 상장을 다는 — 도 그에게 인사를 건넸다. 그런 식으로 가다간, 숫제 그의 어깨를 두드리며, 〈잘해 보십시오, 사나포선 선장님. 우리 모두 당신 편이니 힘내세요. 선장님이 영국을 통째로 빼앗고 영국인들을 다 몰아내 줄 수 있다면 얼마나 좋겠습니까!〉 하고 격려라도 할 판이었다.

4

번역가이자 사나포선 뱃사람인 그의 섬 생활 초기는 그저 조용하고 신중한 나날의 연속이었다. 처음 몇 해 동안 그는 오로지 작고한 작가들만을 맡아서 일했다. 고인이 된 작가들은 장점이 아주 많았다. 더 이상 세속의 명예나 이익을 탐하지 않는다는 것과 한량없는 인내심을 지니고 있다는 것이 무엇보다 좋은 점이었다. 따지고 보면 번역이란 외과 수술에 비할 수 있을 만큼 고통스러운 작업이다. 번역가는 문장을 가르고 의미를 잘라 내고 언어유희를 이식하며, 큰 것을 잘게 부수고 끊어진 것을 동여맨다. 때로는, 정확성을 기하려다가 오히려 본뜻을 해치고 왜곡하기도 한다. 작고한 작가들은 번역가의 그런 작업에 대해서 이의를 제기하는 법이 없다. 그래서 불멸의 반열에 오른 고인들의 작품을 맡게 되면, 시간에 쫓기지 않고 아주 느긋하게 일할 수 있다. 독촉이나 경고를 받을 염려도 없고, 손목시계의 유리를 손가락으로 두드려 가며 아등바등할 까닭도 없다.

하지만 그런 매력적인 작가들(헨리 제임스, 찰스 디킨스, 제인 오스틴)과 관계함으로써, 우리 섬의 번역가는 유유자적이라는 고약한 버릇을 들이고 말았다. 그는 하고 싶은 욕구가 일 때만 일했다. 문제는 그 욕구라는 것이 드물게만 찾아온다는 데에 있었다.

사실 본당 신부가 우려했던 것과 달리, 섬에서는 굳이 애쓰거나 권태를 느낄 새도 없이 시간이 미끄럼을 타며 가뭇없이 달아났다. 시시각각 빛이 달라지고, 바닷물이 들고 나면서 수평선에 끊임없는 변화를 주었다. 그 덧없이 변모하는 풍광에 경탄하며 며칠이고 앉아서 마냥 시간을 보낼 수도 있었다. 이제껏 도시에서 살아온 사람이 오십 줄에 접어들어서 마침내 자연을 맛보게 된 거였다.

한편, 고양이 마흔일곱 마리와 함께 사는 것도 관찰과 사색의 소재를 꽤 주었다. 그 사색을 바탕으로, 그는 고양이들에 관해 수많은 가설을 꾸몄다. 그 동물에 관한 얘기를 하자면 책 한 권으로도 모자랄 것이므로, 여기에서는 그의 가설 중에서 두 가지만 소개하고자 한다.

1. 태초에 고양이는 사람의 몸속에 살고 있었다. 고양이는 사람이 지닌 야성의 부분이었고, 정글의 잔재였다. 하느님의 자녀인 사람들은 저마다 자기 안에 고양이를, 곧 자유와 오만불손한 독립성을 지니고 있었다. 그래서 사람들에겐 종종 설명할 수 없는 행동이 나타나곤 했다. 예컨대, 햇볕을 쬐며 나른한 목구멍소리를 내다가 돌연 미친 듯이 줄달음을 놓는다든가, 어루만짐에 얌전히 몸을 내맡기고 있다가도 이따금씩 거부하고 화를 내고 발톱으로 할퀴면서 질투만큼이나 깊고 오랫동안 화농이 가시지 않는 잔혹한 상처를 남기는 짓 따위가 바로 그것이다. 고양이는 아마도 그런 행동을 통해서 자기 주인인 사람에게 무언가를 알리고 싶었을 것이다. 세상의 그 무엇도 확고부동하게 자기 것이 될 수는 없다는 것, 그래서 언제 어느 때건, 심지어는 평온하게 휴식을 취하고 있을 때조차 경계심을 늦추면 안 된다는 것을.

그 동거는 오래가지 않았다. 사람은 삶이 더 고요해지기를 갈망했고, 고양이는 지나친 자기만족과 식사 후에 찾아오는 복부의 팽만, 성교 전의 달뜬 밀어와 성교 후의 터무니없는 뿌듯함 따위가 덜해지기를 열망했다. 요컨대, 성격이 서로 맞지 않았던 거였다. 어느 날,

고양이들은 사람의 몸에서 떠났다. 하지만 이미 사람과 더불어 사는 버릇이 들어서 사람들의 주위를 완전히 떠나지는 않았다.

2. 고양이는 털가죽으로 싸인 낱말이다. 낱말들이 그렇듯이 고양이들은 호락호락 순치되는 법이 없이 인간의 주위를 배회한다. 기차를 타기 전에 고양이를 바구니에 담는 것은 기억 속에서 정확한 낱말을 포착해 백지에 자리 잡게 하는 것만큼이나 어렵다. 낱말과 고양이는 둘 다 포착하기 어려운 종족에 속한다.

5

1주일에 몇 번씩, 저녁 시간이면 젊고 건장한 사내 하나가 번역가의 집에 놀러 오곤 했다. 그 젊은이는 트랙터를 몰고 장터 마을의 세 가게와 부두 사이를 오가면서 짐을 날라 주는 사람이었는데, 끊임없이 왔다 갔다 하는 그 일 때문에 늘 지쳐 있는 모습으로 그를 찾아왔다. 두 사람은 멋쩍게 탁자에 마주 앉아 있을 뿐 서로 바라보지도 않았고 이야기를 나누지도 않았다. 둘 사이에는 낡은 타자기가 마치 사교계에 출입하는 젊은 여인과 동행해서 시종 감시의 눈길을 거두지 않는 늙은 여인처럼 버티고 있었다. 어서 일을 하라고 재촉하는 그 성가신 눈길에 아랑곳하지 않고, 그들은 밤새도록 붉은 포도주를 마셨다. 그러다가 새벽 3~4시경이 되면, 마침내 번역가가 나직한 소리로 지청구를 늘어놓았다. 그는 조금 비틀거리면서 자리에서 일어나 그 짐꾼의 발치에 무릎을 꿇고 양말을 벗긴 다음, 개수대에 가서 그것을 빨았다.

6

우리 섬에는 교직자들이 많다. 긴 방학의 혜택을 누릴 바에는 되도록이면 지상 천국에서 방학을 보내고 싶어 하는 것이 인지상정인 까닭이다. 그들은 6월 말이 되기가 무섭게 어마어마하게 많은 문헌들을 섬에 가지고 와서, 비록 아무의 관심도 끌지 못할 주제일망정 저마다 사계(斯界)의 결정판이 될 중요한 저작들을 집필하는 양한다.

그 고명한 석학들, 세월없는 연구자들, 만년 박사 과정 서생들의 부류에 드는 사람으로 번역가의 또 다른 친구인 장폴이 있었다. 자그마한 키에 육덕이 좋은 사람이었다. 그의 눈에서는 이따금 고뇌의 기색이 섬광처럼 번득이곤 했다. 마치 빙빙 돌아가며 빛을 내비치는 등대 하나가 그의 안에 있어 어떤 중대한 위험들이 닥치고 있음을 그에게 알려 주고 있기라도 한 듯했다.

두 사람은 이웃 간에 상면하는 식으로 만났다. 말하자면 이런 식이다. 어느 날 저녁, 섬에 하나밖에 없는 가게는 몇 시간 전에 문을 닫았는데, 한쪽 집에 소금이 떨어지거나 마요네즈에 넣을 달걀 따위가 모자라게 된다. 부득이 이웃집에 꾸러 갔더니, 이웃 사람은 〈드리고말고요. 마침 잘 오셨습니다. 그러잖아도 인사를 나누고 싶은 마음이 간절하던 참이었습니다〉 하고 반색하더니, 찬장을 열고 술 한 잔을 권한다. 〈이 만남을 축하하고 싶은데, 괜찮으시겠습니까?〉 하면서.

모두가 아는 것처럼, 17세기의 유럽은 라틴어의 소멸로 시련을 겪었다. 오랫동안 매개 구실을 해온 그 언어를 상실함으로써, 암스테르담에서 볼로냐까지, 살라망카에서 하이델베르크나 옥스퍼드에 이르기까지 서로 간의 의사소통이 가능했던 시대가 가고, 더 이상 서로의 말을 이해하지 못하는 시대가 다가오고 있음을 유럽인들은 예감했다. 한편에서 이성이 종교와 미신의 안개를 몰아내고 있던 시대였던 만큼, 라틴어의 소멸에 따른 불투명성의 만연은 더욱 유감스러운 일이었다. 그런 사정에서, 데카르트를 필두로 한 철학자들은 〈아주 쉽게 배울 수 있고, 읽고 쓰기 편한 만국 공통의 언어, 잘못 이해될 가능성이 거의 없으리만치 만물을 아주 분명하게 나타냄으로써 사리 판단을 도와주는 것을 요체로 삼는 세계 공통어〉의 창안을 생각하게 되었다.

주요 관념들을 분류하고, 거기에서 부대 관념들을 파생시킨 다음, 그 관념들을 모두 문자나 기호의 간단한 조합으로 기술하자는 거였다. 예컨대, 생물을 N이라 하고, 동물은 Nn, 네발짐승은 Nnk, 말은 Nnka로 나타내는 식이다. 그러면 라틴어가 사라진다 해도 문제될 것이 없었다. 참된 철학으로 개명된 사람들은 라틴어에 대한 향수를 잊고 예전처럼 서로 소통하게 될 터였다.

우리 섬의 연구자 장폴이 연구하고 있던 주제가 바로 그런 개명의 모험이었다. 그는 거의 10년 전부터 다음과 같은 세 가지 사례를 연구하고 있었다.

— 1668년, 영국의 주교이자 크롬웰의 처남이었던 존 윌킨스의 『진정한 문자와 철학적인 언어』. 주요 관념을 마흔 가지로 분류. 발표 당시 영국 학술원에서 박수갈채를 받음.

— 1797년, 프랑스 학자 장 드 메미외의 『만국 표기법, 즉 어떤 언어를 사용하는 사람이든 번역 없이 읽고 알아들을 수 있도록 한 언어로 표기하고 인쇄하는 새

로운 기술의 기본적인 요소에 관한 논고』. 주요 기호를 열두 개로 설정.

— 1868년, 장 쉬드르의 시도. 시간상으로는 가장 뒤졌지만 가장 별난 사례. 〈솔레솔〉, 곧 음표를 사용하는 세계어를 창안.

그 장폴의 집을 방문할 때면, 번역가는 언제나 정원 문을 손가락으로 긁어서 신호를 보냈다. 그런 다음, 눈을 내리뜨고 두 손으로 뜨개 빵모자를 주물럭거리며 안짱다리 걸음으로 다가와서는, 〈제가 방해하는 건 아닌가요?〉 하고 묻곤 했다. 소심증을 잘 보여 주는 그 모습은 그 자체로 에피날[5] 통속 판화의 한 장면이 될 만했다.

그들은 잿빛 화강암으로 된 나직한 담장 위에 꽤나 멀리 떨어져 앉아서, 서로 바라보는 일도 없이 이야기를 나누었다. 그들의 눈길은 그들 앞의 한 지점, 잔디밭 어딘가의 소보록한 민들레 사이에 붙박여 있었다. 인간의 언어야말로 그들이 가장 좋아하는 화제였고, 그들이 진심으로 흥미를 느끼는 유일한 모험담의 주인공이었다. 인근의 풀밭에서는 아이들이 연을 날리며 놀

5 18세기 말부터 통속 판화 제작의 중심지로 이름난 프랑스 동부 로렌 지방, 모젤강에 연한 도시.

고 있었다.

「벤저민 리 워프를 아세요?」

「이번에 저에게 소개해 주시려는 언어학자로군요?」

「그의 견해에 따르면, 미국 애리조나주 호피족 인디언들의 언어는 양자 역학과 상대성 등 현대 물리학의 세계를 완벽하게 묘사합니다. 예를 들어, 그들은 시간을 표현하기 위한 말이 필요하다고 판단하지 않았습니다. 그들이 보기에는 만물의 움직임이 불안정하고 불확실하고 무상하며, 보는 사람에 따라서 달라지기 때문이지요.」

그런 이야기를 들을 때면, 번역가는 갑자기 일어나서, 〈흥미롭군요, 정말 흥미로워요〉 하는 탄성을 연발하면서 화단 사이의 통로를 서성거리다가 다시 돌아와 앉곤 했다.

간혹 장폴은 이야기를 중단하고 자기 아내에게 전화를 걸러 갔다. 그녀는 안과 의사라는 〈정상적인〉 직업을 가진 터라 여름휴가를 4주밖에 누릴 수 없었다. 일에 매여 파리에 머물 수밖에 없는 그녀에게 남편은 거의 한 시간에 한 번 꼴로 전화를 걸어 대고 있었다.

부부간에 오고 가는 말들, 아니 밖으로 새어 나오는 남편 쪽 말로 미루어 짐작한 그들 남녀의 대화에는 춘정이 자못 흐드러졌다. 번역가는 쑥스러움 때문에 땅속에라도 숨어 버리고 싶은 심정이 되어, 얼굴을 붉히며 몸을 비비 틀고 있다가도, 다시 냉정을 되찾고 귀를 기울였다. 따지고 보면 그들의 대화를 들어 둘 필요가 있었다. 그는 헨리 제임스의 『여인의 초상』을 번역하고 있는 중이었다. 여자들의 세계를 알고자 하면 그런 기회를 활용해야 했다. 여성에 대해서는 별로 아는 바가 없는 그가 아니던가…….

통화를 끝내고 다시 집 밖으로 나올 때면, 장폴의 입가에는 아내를 안쓰러워하는 미소가 어려 있곤 했다.

「그 사람 외로움을 잘 타요. 게다가 그곳은 더위가 기승을 부리고 있는 모양인데, 이래저래 딱하게 됐군요. 그건 그렇고, 우리가 무슨 얘기를 하다 말았지요?」

「영어가 결국엔 다른 모든 언어를 죽이게 되리라고 보십니까?」

「그러기 전에 영어가 먼저 자멸할 겁니다. 자꾸 퍼져 나가다 보면 점점 빈약해지지 않을 수 없을 테니까요.」

「중국어는 어떻습니까? 표의 문자 체계가 정보 공학의 이진법 원리와 양립할 수 있겠습니까?」

7

어느 날, 저녁을 먹고 나서 만년 박사 학위 준비생인 그 장폴은 번역가를 생미셸 예배당이 있는 언덕으로 데려갔다. 해발 26미터인 그 언덕은 섬에서 두 번째로 높은 곳이다. 아래로 내려다보이는 바다는 거의 검은빛이었다. 해류가 지나가는 조금 밝은 부분만이 희미한 줄무늬를 보이고 있을 뿐이었다. 파자마처럼 헐렁한 하얀 바지와 저고리를 입은 여남은 아이들이 먼저 와서, 예배당 앞의 십자가 주위에 얌전하게 앉아 있었다.

「그럼, 저 작은 섬의 이름은 뭐지? 저기, 닻 내린 트롤선 뒤에 있는 섬 말이야.」

「베니게섬입니다, 선생님.」

수염을 기른 풍채 좋은 어른이 질문을 던지면, 학교에서 그랬던 것처럼 손들이 올라가고 청아한 음성의 대답이 박명 속에서 울렸다.

「그러면, 종탑과 일직선상에 있는 저 섬은? 아직 뭔가를 식별해 낼 수 있을지는 모르겠다만.」

「모데섬입니다.」

「맞았어. 아주 잘했다. 내일 카약을 탈 때는 그 밖의 다른 섬들과 눈에 보이지 않는 바위들에 신경 써야 할 거야. 거기에 부딪히면 배가 산산조각이 나고 말 테니까.」

박사 학위 준비생은 수업에 방해가 되지 않도록 자기 친구 쪽으로 몸을 기울이고 귀엣말로 속삭였다.

「지금 우리 앞에 바벨탑의 폐허가 있습니다.」

그러면서, 그는 느린 손짓으로 수십 개의 거뭇한 덩어리들이 물속에 흩어져 있는 군도를 가리켰다. 그의 손끝이 머문 수평선 너머로는 이제 해가 더욱 빠른 속도로 빠져 들고 있었다.

「현재 세계에서 통용되고 있는 언어의 수를 아십니까?」

번역가는 그 수를 어림잡아 보려고 머리를 이리저리 굴렸다. 그러나 그는 이미 자기 삶에서 숫자를 아주 지워 버린 사람이었다.

「줄잡아도 5천은 될 겁니다. 중앙아메리카에서 쓰이는 언어만 190개라는군요. 제가 하고 있는 문헌학은 뿌리를 찾는 과학이라기보다는 필롤로고스라는 어원 그대로 로고스에 대한 사랑입니다. 지금은 이렇게 산산조각이 나 있지만, 언젠가 이 조각들이 다시 모이면 로고스가 통일성을 되찾게 될 것입니다.」

번역가는 자기의 남은 수명을 예상해 보건대, 자기가 살아 있는 동안에 로고스가 재통일되는 날을 맞게 되지는 않으리라 생각하며 안도했다. 로고스의 재통일이 필연적으로 야기할 갖가지 끔찍한 사태, 예컨대 번역자들과 통역사들의 실업은 물론이고 얼음 같은 투명성과 한없는 침묵 따위도 그의 생전에는 없었을 것이다. 정말이지 그의 처지에서는 바벨탑의 폐허가 오래오래 유지되기를, 되도록 오래오래 그대로 남아 있기를 바라지 않을 수 없었다.

파자마처럼 헐렁한 하얀 옷을 입은 아이들이 비탈길을 내리닫고, 섬마을 선생님이 그 뒤를 겨우겨우 좇으며 다급하게 소리쳤다.

「조심해! 저런저런, 조심하라고!」

그 고함 사이사이로 점점 더 숨을 헐떡이며 불끈거리는 그의 중얼거림이 섞여 들었다.

「바보 같은 녀석들, 뭍에서도 까불다 넘어져서 뼈를 부러뜨리는 판에, 네 녀석들에게 바다를 가르친들 무슨 소용이 있겠나?」

그날 밤, 붉은 포도주는 번역가의 슬픔을 달래지 못했다. 그는 책꽂이 구실을 하는 바구니 더미에서 책 한 권을 집어 들고 새벽녘까지 큰 소리로 읽었다. 라퐁텐의 우화였다.

그는 파리에 사는 원숭입니다.
사람들이 그에게 짝을 지어 주었지요.

「들어 봐라, 머지않아 죽게 될 언어니까 귀를 잔뜩 기울이고 들어야 해.」

그가 고양이들에게 그렇게 말하면, 고양이들은 알았다는 듯이 고개를 주억거리곤 했다.

8

어느 노벨 문학상 후보의 일상생활

스위스에서는 여객선을 만들기가 무섭게 뭍으로 끌어 올려서 큰 호텔로 바꿔 버린다. 그런 별난 관행에는 많은 이점이 있다. 여행자가 뱃멀미로 고생하지 않는다는 것도 그 장점 가운데 하나다. 게다가 그 여객들의 대다수가 수평선에 물리고 항해에 지친 노인들로서 오로지 휴식만을 갈망하는 사람들이므로, 배가 전혀 움직이지 않아도 아무런 지장이 없다. 고객들은 예전에 자기들이 익히 경험한 것들, 즉 매혹적인 기다란 통로와 그 어슴푸레한 빛, 늘 사람들이 붐비는 살롱, 음악을 들으며 하는 식사 따위를 거기에서 다시 접하게 된다. 그들에겐 늘 항해 여행을 하는 듯한 그 분위기만으로 충분하다.

작가 블라디미르 나보코프가 살던 곳도 바로 그 지상 여객선 중의 하나인 〈팔라스 드 몽트뢰〉였다.

그곳 호숫가에서 그는 앞발로 땅바닥을 치는 말처럼 안달을 내며 하루하루를 보내고 있었다.

매일 해 질 녘에 아내 베라와 팔짱을 끼고 산보할 때면, 그는 작은 부두로 나아가 발로 보트들을 밀어내곤 했다. 몸은 늙고 뚱뚱했음에도 그의 발길질은 날렵했다. 그러다가, 그는 몸을 기울여 레만호에 얼굴을 비추면서 러시아어로 이렇게 물었다.

「노벨상을 탈 만한 사람으로 나보다 더 나은 사람 있어?」

중립국에 속해 있는 호수답게, 레만호는 필요하다면 모호한 태도를 보이며 속내를 감출 줄 안다. 몽트뢰와 자웅을 겨루는 다른 호반 도시 제네바에 세계 문단의 또 다른 거물인 아르헨티나 작가 보르헤스가 자주 드나드는 데다가, 그 역시 블라디미르만큼이나 안달을 내고 있었으므로, 호수의 입장은 더욱 난처할 수밖에 없었다. 그래서 아무도 기분이 상하지 않게 할 양으로 호수가 불분명한 대답을 속삭이면, 부부는 조금 밝아진 마음으로 물가를 떠나, 그들의 저녁 술인 독한 위스키를 마시러 갔다(블라디미르는 찻그릇에 술을 숨겨

놓고 있었다).

블라디미르와 베라는 노벨상을 수상하는 데에 필요한 일이 무엇인지를 알고 있었다. 스톡홀름의 아카데미는 간혹 잘 알려지지 않은 작가를 찾아내기도 하지만, 대개는 기성의 명성을 확증해 주는 역할을 한다. 전 세계에 널리 소개되어 명성이 높아지면 높아질수록, 적격자로 인정받을 가능성도 그만큼 높아지는 것이다. 그런 사정에서, 그들 부부는 아주 오래전부터 그 명성 전파의 담당자인 번역자들에게 세심한 관심을 기울여 왔다.

수신인: 허친슨 출판사

발신인: 블라디미르 나보코프(시린)

베를린 할렌제, 네스토르 가 22번지

발신일: 1935년 5월 22일

허친슨 출판사 귀중

귀사의 지난 15일 자 서신에 감사드립니다. 덕분에 번역 원고가 목하 조판 중에 있다는 사실과 교정쇄 한 부가 머지않아 나에게 우송되리라는 것을 잘 알게 되었습니다. 나는 물론 번역 원고에 필요 이상으로 수정을 가할 의향이 없으며, 어지간하면 나로 인해 출판이 지연되는 일은 생기지 않도록 하고 싶습니다. 내 요구는 아주 소박한 것입니다. 진작부터 나는 원문에 충실한 완전하고 정확한 번역을 받아 내려고 노력해 왔습니다. 클리먼트 씨가 보내 준 번역 원고에서는 상당히 많은 오류가 눈에 띄었습니다. 내가 지적한 모든 사항들을 그가 여러분께 알려 주었는지 궁금합니다. 그 번역은 어림치기에다 날림으로 된 조잡한 작품이었고, 잘못된 것과 빠진 것으로 가득한 실수투성이로, 생동감이라곤 조금도 찾아볼 수 없는 데다, 너무나 밍밍하고 시르죽은 영어로 서툴고 답답하게 옮겨진 터라 나로서는 도저히 끝까지 읽을 수가 없었습니다. 절대적인 정확성에 도달하려고 애쓰는 작가에게는 그 모든 것이 참으로 견디기 어려운 일이 아닐 수 없습니다. 작가가 하나하나 심혈을 기울여 만든 문장을 번역가라는 사람이 아주 태연하게 손상시키고 있다는 사실을 깨달았으니 말입니다.

그로부터 30년 가까이 지난 뒤, 나보코프는 또 이렇게 썼다.

수신인: 인터내셔널 헤럴드 트리뷴

발신인: 블라디미르 나보코프

프랑스 니스, 영국인 산책로 57번지

발신일: 1961년 2월 25일

글월 올립니다.

저는 곧 부당한 명성을 누리는 졸렬한 번역가들을 상대로 한바탕의 전쟁을 벌일 생각입니다.

[중략]

삼가 존경의 뜻을 전하며 이만 그치겠습니다.

그 유별난 나보코프와 번역가로 인연을 맺은 불행한 사람들이 세계 곳곳에서 『서배스천 나이트』와 『롤리타』, 『희미한 불꽃』, 『해군 본부의 작은 종루』(1975년 〈플레이보이 문학상〉 수상작) 등을 놓고 애면글면했다. 그들은 원작의 투명성과 날갯짓 소리와도 같은 미묘한 음향과 덧없이 스러지는 음악을 옮겨 보겠다고 안간힘을 썼다. 그러나 금세기의 문학 언어 중에서 바람기가 가장 많고, 떠돌이 기질이 가장 강한 언어를 충실하게 옮기는 일이 어찌 쉬울 수 있겠는가?

그들로서는 작가로부터 얼마간 감사의 말을 듣게 되

리라고 기대함 직했다. 그러나 이 일을 어찌하랴!

그들의 번역 원고가 전해질 때마다 어김없이 블라디미르의 채찍이 날카로운 소리를 내며 허공을 갈랐다. 그것은 미우라[6]의 황소를 다루던 무시무시한 가죽 채찍이었다. 번역가들은 돌아가면서 그 질책의 제물로 지목되었다. 그중의 한 번역가는 지상의 어느 외딴 곳(사전이 잔뜩 쌓여 있고 냉장고의 요란한 진동 때문에 5분마다 실내의 모든 것이 부들거리는 초라한 부엌, 또는 정원 한쪽 보랏빛 아가판투스가 빙 둘러 피어 있는 속에 외따로 선, 비가 새는 헛간, 아니면 중국인들이 많이 모여 사는 파리 13구 슈아지 대로의 한 고층 빌딩 꼭대기에 마련된 두 칸짜리 아파트)에서, 그의 채찍을 맞고 오만상을 찌푸린 채 이를 악물고 눈물을 삼키면서, 『롤리타』 16장의 스물두 번째 번역 원고를 찢어 버리고 스물세 번째 번역을 시작하고 있었다.

그런 사정을 아는지 모르는지, 스위스 레만 호반에서 찻그릇에 담긴 위스키를 홀짝이는 블라디미르의 얼굴에는 흡족한 기색이 가득했다.

「두슈카,[7] 순(純)몰트 얼그레이 좀 마시겠소?」

6 Miura(1914~1996). 스페인의 유명한 투우 사육사.
7 사랑하는 여자를 부를 때 쓰이는 러시아어.

별이 총총한 스위스의 밤, 그렇게 순몰트 위스키를 마시면서 나보코프는 상상의 여객선에 몸을 싣고 자기에게 순수한 영예를 가져다줄 알프스 너머의 나라들을 항해하곤 했다. 이 가련한 노벨상 후보를 돌봐 주는 대천사, 그 누구일까?

9

수신인: B섬의 질 C.

발신인: 아르템 파야르 출판사 사장

발신일: 1969년 10월 10일

선생님께

우리는 지금까지 해오신 선생님의 작업을 높이 평가하고 있습니다. 그런 뜻에서 이번에는 노벨 문학상 수상자 물망에 오르는 러시아계 미국 작가 블라디미르 나보코프의 최신작을 번역해 주십사 하고 부탁드립니다. 문제의 소설은 하나의 가족사이자 근친상간의 연대기로서 원제는 『에이다 또는 아더』입니다. 저자는 겸손과는 아주 거리가 먼 사람인지라 자기 작품에 대해 이렇게 말하고 있습니다. 〈이 소설에 나타난 순수한 환희와 고대 그리스 아르카디아풍의 목가적 천진성은 오늘날의 세계 문학에서 유례를 찾을 수 없는 것이다. 톨스토이 백작이 다시 태어나서 글을 쓴다면 몰라도…….〉

자부심이 철철 넘치는 이 주장을 항상 염두에 둬 주시기를 바라면서…….

(수식이 화려한 관용적인 맺음말.)

샤를 오랑고

추신: 우리가 작성한 계약안과 함께 첫 번째 수표를 동봉합니다. 이 수표가 계약의 현실성을 입증하는 증거가 될 것입니다.

재추신: 나보코프 씨는 무한한 참을성을 지닌 고인들의 부류에 속하지 않습니다. 그래서 실례를 무릅쓰고, 선생님의 작업이 신속하게 이루어졌으면 하는 우리의 바람을 알리는 바입니다.

우리의 번역가는 놀란 마음을 가누며 그 편지와 거기에 동봉된 수표를 되작거렸다. 오랜 세월을 번역하며 살아왔지만 일도 시작하기 전에 그렇게 많은 돈을 받아 보기는 처음이었다. 그만한 돈을 받으려면 행간을 두 배로 주며 공들여 친 타자 원고를 적어도 1백 장쯤은 먼저 건네주어야 하는 것이 상례였다. 출판사의 저의는 필시 노벨 문학상 수상 날짜가 다가오고 있다는 것과 관련이 있었다. 작가가 노벨상을 받게 되면 대대적인 홍보가 저절로 이루어질 것이므로, 출판사가 그런 기회를 놓치고 싶어 하지 않는 것은 당연한 일이었다.

「주는 걸 마다할 필요는 없지. 다 하느님의 뜻이려니 생각하고 받아 두자고.」 번역가는 그렇게 혼잣말을 했다.

벌써 오래전부터 지붕이 심하게 파손되어 빗물이 줄줄 새어 들어오는데도 손을 못 쓰고 있을 만큼, 그의 살림은 퍽이나 궁색했다. 물이 많이 새는 자리에 여기저기 대야를 받쳐 놓기는 했지만, 집 안이 늘 축축하다 보니 뭐든지 잘 상하고 썩고 망가졌다. 심지어는 고양이들의 성질마저도 나빠지는 것 같았다. 사람이든 고양이든 살아 있는 존재라면 마땅히 비가 새지 않는 집에 살 수 있어야 한다. 이제 출판사에서 보내온 수표가 그 권리를 되찾게 해줄 참이었다.

번역가는 우체국으로 달려가 수표를 입금하고, 파리의 출판사에 수락 의사를 알리기 위해 전화를 신청했다.

「2번 전화실로 가세요.」

우체국 여직원이 가리키는 대로 전화실로 들어가서,

그는 지나치다 싶을 만큼 크게 소리쳤다. 「그 일, 내가 하겠습니다.」

그의 전화를 받은 파리의 편집인은 송수화기를 다시 내려놓으면서 옆의 여직원에게 이렇게 말했다. 「이 양반 달라진 거 보게. 시간이 오래 걸리건 말건 늘 요금이 가장 적게 드는 우편만 이용하더니 이제는 전화를 사용하고 있어. 우리가 이 양반을 변화시킨 거야! 우리의 섬마을 선생께서 비로소 느림의 왕국을 떠나신 거라고!」

참으로 낙관적인 의견이었다. 그러나 그 견해는 결국 낙관주의가 때로는 사람들을 엉터리 점쟁이로 만든다는 사실을 다시 한번 입증하게 된다.

그날 저녁, 번역가의 집에서는 잔치가 벌어졌다. 고양이들은 오랜만에 소고기를 포식했고, 늘 고린내 나는 양말을 신고 오는 젊은 벗은 보르도산 고급 적포도주를 마셨다.

비극은 이튿날 번역가가 한 가지 사실을 더 깨닫게 되면서 시작되었다. 아르템 파야르 출판사에서 보내온 소포 속에는 번역해야 할 문제의 걸작은 물론이고, 저자의 성품을 알려 주는 몇 통의 편지도 들어 있었다.

이제 나는 작은 문제 하나를 제기하고자 합니다.

여러분에게는 아주 사소한 것으로 여겨질지 모르겠으나, 나에게는 여간 신경이 쓰이는 문제가 아닐 수 없습니다. 내가 문제로 삼고 있는 것은 바로 〈나보코프는 제2의 파스테르나크이다〉라는 주장입니다. 나는 기자들이나 즐겨 씀 직한 그 표현이 나에 관한 왜곡된 견해를 유포시키지 않을까 염려하고 있습니다. 나를 굳이 파스테르나크에 비교할 양이면, 혹자가 말했듯이, 〈파스테르나크는 소련 최고의 시인, 나보코프는 러시아 최고의 산문가〉라는 식으로 말하는 편이 옳을 것입니다. 하지만 이제 나를 파스테르나크와 동렬에 놓고 비교하는 것 자체를 그만두어야 합니다.

「어허, 이런. 이 양반 보통 까다로운 사람이 아닌 것 같은데!」

우리의 번역가는 불길한 예감에 사로잡힌 채 그렇게 중얼거리며 편지를 계속 읽어 갔다.

따라서 나에 대한 모든 홍보가 그 선의에도 불구하고 그릇된 길로 들어서는 것을 막기 위해서, 나는 파스테르나크의 『닥터 지바고』에 대해 반대의 뜻을 표명하고자 합니다. 『닥터 지바고』는 인간미 넘치는 소설일지는 몰라도 예술적인 면에서는 보잘것없고, 사상적인 면에서도 진부하기 짝이 없습니다. 나는 그 소설의 정치적인 측면에는 관심이 없습니다. 나와 관계있는 것은 오로지 그 소설의 예술적인 면입니다. 그렇게 볼 때, 『닥터 지바고』는 한심하고 졸렬하고 멜로드라마 같은 작품입니다. 장면은 상투적이고 인물은 범상합니다. 파스테르나크가 재능 있는 시인임을 상기시키는 풍경 묘사나 은유가 곳곳에서 발견되기는 하나, 그것만으로는 지난 40년간 소련 문학에서 전형적으로 나타난 진부한 지방성을 벗어날 수가 없습니다.

(1959년 1월 12일, 조지 와이든펠드에게 보낸 편지.)

번역가는 감색 빵모자를 벗고 대머리를 문질렀다. 그것은 그가 아주 큰 낭패를 만났을 때 하는 버릇이었다.

「이런, 이거 아무래도 미치광이 하나가 걸려든 것 같은데!」

이제 속표지의 나비에 대한 이야기로 넘어가겠습니다. 그 나비의 머리는 난쟁이 거북의 머리와 비슷하고, 그 날개의 무늬는 흔하디흔한 배추흰나비 무리의 것입니다(내 시에 나오는 나비는 날개 뒷면에 점무늬가 찍힌 작은 파랑나비 무리에 속하는 것으로 분명하게 묘사되어 있는데 말입니다). 그런 식으로 엉뚱한 나비를 그려 넣는 것은 멜빌의 소설 『백경』의 커버에 참치 한 마리를 그려 넣는 것만큼이나 무의미한 일입니다. 내 생각을 아주 분명하고 솔직하게 말씀드리겠습니다. 나는 도안화(圖案化)에는 전혀 반대하지 않습니다. 그러나 도안화한 무지에 대해서는 단호하게 반대합니다.

(1959년 3월 15일, 파이크 존슨 2세에게 보낸 편지.)

「오 하느님, 살아 있는 작가들로부터 우리를 해방시켜 주소서! 보아하니, 이 나보코프는 살아 있는 작가들 중에서도 가장 까다로운 사람인 것 같은데. 도대체 내가 어떤 궁지에 빠진 거지? 이제 『에이다』를 읽어 보자. 작가는 그렇다 치고 톨스토이식 가족 연대기라는 이 작품마저도 까다로우면 안 되는데. 그랬다가는 내 처지가 그야말로 설상가상이 되는 거야!」

소설은 잘 알려진 톨스토이식 선율에 실려 잔잔하게 시작되고 있었다. 〈행복한 가족들을 보면 많든 적든 저마다 다른 점이 있고, 불행한 가족들을 보면 많든 적든 서로 닮은 점이 있다.〉 그러나 두 페이지쯤 지나자 양상은 사뭇 달라졌다. 가족 연대기이니만큼 주인공의 가계를 소개하는 것은 불가피하다. 그런 대목은 목깃부터 발목까지 드레스의 단추를 채운 여인처럼 독자들로 하여금 언제쯤 이야기의 속살을 볼 수 있으려나 하고 좀이 쑤시게 만든다. 그런데 그 소개가 끝나고 나자, 작가는 문득 새처럼 사뿐히 날아오르더니 옛날의 이미지들을 물수제비뜨듯 담방담방 스쳐 가면서 추억을 차례차례 더듬고 있었다. 승강기 안에서 이루어진 청혼, 다마스 여행, 오쟁이 진 장군, 에델바이스, 그리고 작가의 표현을 그대로 빌려 〈읽을 때마다 터키 과자의 풍미를 느끼게 하던〉 프루스트의 소설…….

추억의 잡동사니 속을 이리저리 날아다니며 하는 이런 이야기를 어떻게 번역하지? 이 꽃 저 꽃으로 옮겨 다니는 나비의 그 가벼움과 자유로움과 변덕을 어떻게 옮기지?

어려서부터 포충망을 들고 나비를 좇아다닌 탓에, 노벨 문학상 후보라는 이 성격 장애자의 문체에는 나비의 교태가 배어 있었다. 번역가 입장에선 이것이야말로 끔찍한 일이 아닐 수 없었다.

10

독자로서 경탄하고 번역자로서 낙담하며 그 소설을 읽고 난 순간부터 우리 번역가의 병이 더 심해지기 시작했다. 우리가 알다시피, 그는 천성적으로 서두를 줄 모르는 사람이었다. 그런 점에서 보면, 어린 시절에 그를 가르쳤던 알사스 학교의 선생님들은 자기들의 교육 목표를 충분히 달성하지 못한 셈이다. 아동에게 시간을 아껴 촌음도 허비하지 않도록 가르치고, 마감 시간을 하느님과의 약속처럼 무서워할 줄 알게 하는 것이 그들의 교육 목표 가운데 하나였기 때문이다. 그런데 이번에는 그의 고질이 여느 때보다 더 심각했다. 그의 늑장은 곧 암담한 양상을 띠면서 만회하기 어려운 상황으로까지 발전해 갔다. 기적으로까지 여겨지던 수표와 그 저주받을 걸작이 그의 손에 들어온 것은 1969년 10월. 그로부터 3년 5개월이 지난 뒤에도, 번역은 아직 시작조차 안 된 상황이었다.

매일 아침 자리에서 일어나면, 번역가는 간밤의 적포도주 때문에 생긴 안개 같은 몽롱함을 커피로 후닥닥 쫓아 버리고 나서, 마주 대하기조차 싫지만 마음을 짓누르는 가책 때문에 만날 수밖에 없는 에이다를 보러 갔다. 그가 에이다에게 마련해 준 자리는 고양이들이 사는 초가의 한 선반 위였다. 고양이들은 에이다 위에 올라가 오줌을 싸기도 하고 에이다를 할퀴기도 했다. 그는 그 은밀한 관계를 즐기며 방관했다. 본격적으로 일을 시작하기 위한 준비로서는 그보다 나은 것이 없어 보였기 때문이다. 그렇게 아침 인사를 하고 나면, 그는 본채로 돌아와 타자기가 놓여 있는 카드놀이 탁자 주위를 어슬렁거렸다. 그러다가 P 자가 빠진 낡은 레밍턴 타자기 앞에 멈춰 서서, 왕년에 피아니스트였던 사람답게 손가락을 날렵하게 놀려 가며 건반들을 하나하나 쓰다듬어 주고는 〈나중에 하지〉라고 중얼거렸다. 그런 다음, 밖으로 나가 세계에서 바닷가재를 가장 잘 잡는다는 친구 드니와 함께 우윳값이라든가 기상 전망 따위에 대해 이야기를 나누었다.

그런 일상 활동에다, 이따금 1917년 이전의 러시아를 알게 해주는 몇몇 화보 잡지들을 뒤적이거나 톨스토이 백작의 전기를 훑어보았던 일을 덧붙이면, 그 무렵의 그의 번역 활동에 대해서는 거의 다 이야기가 되는 셈이다. 그 한 몸 먹고 사는 데에는 많은 돈이 필요치 않았다. 바캉스를 섬에서 보낼 수 있게 해주는 대가로 그의 조카들이 조금씩 보내 주는 돈이면 충분했다. 그를 본받아 섬을 열렬히 사랑하게 된 조카들은 고양이들이 풍기는 악취에 아랑곳하지 않고 되도록 오랫동안 섬에서 여름휴가를 보냈다.

11

3년하고도 5개월.

출판인 아르템 파야르는 그 긴 시간을 묵묵히 기다려 주었다. 그 기다림의 성격을 어떻게 규정해야 할까? 마음이 모질지 못했거나 별로 관심이 없어서 그랬을까? 아니면, 천성적인 인내심의 소치였을까?

어쨌거나 번역가는 출판사를 생각하지 않으려고 애썼다. 그러다 보니, 출판사를 완전히 잊고 사는 일이 가능해졌다. 결국 그는 출판사의 태도를 자기 좋을 대로 해석했고, 그 생각은 일단 그의 머릿속에 떠오른 뒤로 확고하게 자리를 잡고 말았다. 〈파리에서는 나보코프 소설의 예외적인 성격을 인정하고 있다. 그런 종류의 괴물을 길들이기 위해서라면 시간은 아무리 걸려도 좋다는 점을 양해하고 있는 것이다……〉라고 그는 생각했다.

그래도 노벨 문학상 아카데미가 수상자를 결정하는 10월이면 가벼운 불안이 찾아와 그의 신경총(神經叢)을 압박하다가 곧 사라지곤 했다. 아카데미의 스웨덴 사람들 역시 서두를 이유가 전혀 없다는 것을 알고 있는 듯했다. 그들은 1970년에는 솔제니친을, 1971년에는 네루다를, 1972년에는 뵐을 수상자로 선정했다. 러시아계 미국인으로서 스위스에 살고 있던 나보코프의 차례는 나중으로 미뤄졌다.

그런 점에서, 아르템 파야르가 번역이 늦어지는 것을 걱정하지 않은 것은 잘한 일이었다.

물론 아르템 파야르의 잘 알려진 머리글자 〈A. F.〉가 찍힌 봉투가 이따금 배달되기는 했다. 그러나 무슨 좋은 일이 있다고 그것들을 수고스럽게 열어 보겠는가? 출판인들은 우스꽝스러운 과장법이 수반되기 마련인 신간 소개용 팸플릿이나 광고지를 보내어 사람들을 성가시게 하는 기벽을 지니고 있었다. 『에이다』 같은 소설을 맡은 번역가는 다른 일에 정신을 팔 겨를이 없다는 것을 잘 알면서도!

「선생님, 우체국장이 좀 뵙자는데요.」

1973년 4월의 그날, 우리 번역가는 수요일이면 늘

하는 버릇대로, 리오레를 사러 식품점 겸 철물점 겸 약국 겸 담배 가게 겸 신문 가게로 가던 길이었다. 그런 말로 그의 마음을 불안하게 만든 인물은 몸통은 작고 팔다리만 길쭉한 남자였다. 직업은 우체부지만 문학만이 자기의 진정한 소명이라고 생각하는 사람이었다. 언제 어느 때나, 심지어는 자전거에 우편물을 가득 싣고 갈 때조차 갈리마르 출판사 책을 왼손에 꼭 쥐고 있기 때문에, 섬에서는 누구나 그런 사실을 알고 있었다. 그는 번역가를 대단하게 여겼고 안쓰러울 정도로 부러워했다. 〈저도 표지에 제 이름이 찍힌 책 한 권은 내고 죽어야 할 텐데, 그럴 수 있을까요?〉라는 말을 입버릇처럼 되뇌면서.

두 사람은 나란히 걸어서 우체국으로 갔다. 우체국은 제라늄에 파묻힌 작은 건물이었다.

번역가는 우체국장 테베네크 여사의 사무실로 들어섰다. 〈자유를 겸비한 안전〉을 내세우며 저축 금고의 장점을 홍보하는 포스터 옆에서, 공증인 사무실에서처럼, 이성의 벗이자 진보의 신자인 에르네스트 르낭이 늙어 가고 있었다.

「이 일을 어쩌지요……. 돕고는 싶지만 이번엔 나로서도 어쩔 수가 없어요…….」

희끗희끗한 머리를 너무 반드르르하게 윤을 내고, 레이스 달린 베이지색 블라우스를 입은 데다, 재킷 깃에 해마 모양의 브로치까지 달고 있어서, 우체국장의 모습은 마치 잔칫날의 할머니를 보는 듯했다. 다만 나쁜 소식이 그 잔치를 망쳤다는 것이 아쉬울 뿐이었다.

우체국장은 두 손바닥으로 책상 위의 밤색 서판을 두드렸다. 그녀의 파란 눈에는 진실로 난처해하는 기색이 역력했다.

「파리에서 나한테 전화를 했어요. 윗사람들이 말이에요(우체국장은 집게손가락으로 천장인지 하늘인지 모를 곳을 가리키고 있었다). 파야르 출판사에서 체신부의 공공 서비스에 문제가 있다며 고소하겠다고 협박한다는군요. 그쪽에서 당신에게 아무리 편지를 보내도 답장이 없으니까, 결국 우편물이 분실되고 있는 것으로 간주할 수밖에 없다는 거지요.」

「그쪽에서…… 편지를…… 보냈다고요? 무슨 말인지 모르겠군요.」

번역가가 더듬거리며 말하자, 우체국장은 점점 더 난처해하는 표정을 지으며 고개를 저었다. 그녀의 오른손이 서판에서 사라졌다가, 책상 서랍에서 비닐봉지 하나를 꺼내 들고 다시 나타났다. 대형 마켓 까르푸의

로고타이프가 찍힌 그 봉지에는 서류가 가득 들어 있었다.

「자, 이게 다 당신에게 온 편지예요. 이 편지들이 분실되지 않고 이렇게 모여 있는 건 우리 우체부 덕이에요. 여기 이 사람이 다 당신을 생각해서 한 일이에요. 이 사람이 어디에선가 편지들을 도로 찾아왔어요. 여기엔 출판사에서 최근에 보낸 편지들도 들어 있어요. 그것들은 아예 배달도 하지 않고 내가 보관하고 있었어요. 뜯어보지도 않는 편지를 배달한들 무슨 소용이 있겠어요?」

우체국장은 마치 아이를 달래듯이 갑자기 목청을 부드럽게 낮추며 말을 이었다.

「아무쪼록 일이 잘되었으면 좋겠네요. 우리로서는 당신을 지켜 주려고 최선을 다했어요. 하지만, 우리가 아무리 섬에 산다고 해도, 파리에서 진짜 화를 내면 양보할 수밖에 없어요.」

12

그날, 4월 하늘은 화창했고, 섬의 분위기는 운수 좋은 아침처럼 명랑했다. 온 섬에 환희가 가득해서, 섬이 금방이라도 휘파람을 불거나 춤이라도 한바탕 출 것 같은 느낌이었다. 장터 마을을 오가는 사람들 모두가 얼굴에 웃음을 머금고 있었다. 무뚝뚝하기로 이름난 브르타뉴 사람들의 얼굴에까지 살가운 미소가 스쳐 갔다. 브르타뉴 사람들과 사귀어 본 이들은 이 고장에선 최상의 환희가 그런 식으로 표현된다는 것을 알리라. 길섶에는 노란색으로 점점이 수를 놓은 듯 금작화가 피어 있고, 보랏빛의 그 우람한 자태를 뽐내듯 아가판투스가 가운데 줄기를 곧추세우고 있었다. 아가판투스의 그 자태에는 만일 하늘이 아닌 다른 곳을 쳐다보고 있었더라면 교회로부터 비난을 받았을지도 모를 만큼 야한 구석이 있었다. 이렇듯 코트뒤노르[8]의 B 섬이 봄의 도래를 축하하려는데, 파리의 일개 출판사가 무슨 권리로 감히 이 황홀한 분위기를 망치려 든단 말인가?

번역가는 섬의 주요한 두 부분을 잇는 보방 다리 위에서 걸음을 멈추었다. 그의 발아래에서는 갈매기들이 바닷말을 쪼아 대고 있었다. 그는 생각에 몰두하느라고 자기에게 인사를 건네며 지나가는 사람들을 본체만체하며 머뭇거렸다. 그러다가 마침내 까르푸 비닐봉지를 열어 많은 편지들 중에서 손에 잡히는 대로 아무거나 한 통 꺼내 들었다.

아르템 파야르 출판사
문학 담당 편집 위원 드림
1971년 3월 22일 파리에서

사연을 읽기도 전에 벌써부터 번역가는 비위가 상했다. 「문학 담당 편집 위원이라고? 아예 수위를 시켜서 편지를 쓰게 하지그래? 나는 이제 사장의 친필 서한을 받을 자격도 없단 얘기렷다?」

8 프랑스 브르타뉴 지방의 한 도(道).

선생님께

지난 몇 개월 동안 저에게 배달된 우편물을 점검해 보았지만, 계약에 따라 선생님께서 보내 주시기로 예정되어 있는 1백 페이지 분량의 원고가 발송된 자취는 어디에서도 찾을 수가 없습니다.

이는 필시 우편의 태만이나 과실에서 비롯된 것일 테지만, 그래도 문서를 생명처럼 여기는 것이 우편의 본령임을 감안하면 어딘가에는 원고가 있을지도 모르겠습니다. 그러니 필요하다면 그쪽 우체국에서 확인해 주시기를 바라면서, 이만 그치겠습니다.

다른 편지들도 내용은 다 그와 비슷했다.

바로 그날, 우리의 번역가는 한 여인과 새로운 우정을 맺게 된다.

그가 신호탑이 있는 언덕을 지나, 숨을 돌리고 갈 양으로 걸음을 멈추었을 때였다. 그의 한 손에는 늘 먹고 마시는 것들(햄과 샤를로트 감자와 〈벨벳처럼 부드러워 위장에 좋다〉는 포도주 두 병)이 담긴 장바구니가, 다른 손에는 비닐봉지가 들려 있었다. 그는 무심코 한쪽으로 고개를 돌렸다. 자스민 울타리 너머에서 한 여인이 그를 살피고 있었다. 그녀의 얼굴에 어린 호의가 그에겐 그저 생소하기만 했다.

「안녕하세요, 햇살이 이토록 찬란한 날에 근심이 무척 많아 보이네요.」

그는 길을 오가며 종종 그녀와 마주친 적이 있었다. 결혼하기 전의 성(姓)은 생텍쥐페리라 했고, 말을 할 때면 세상이 온통 경이로 가득 차 있다는 듯 경탄 어린 작은 음성으로 사람의 마음을 끌던 여인이었다.

번역가는 장바구니와 비닐봉지가 들려 있는 두 팔을 힘없이 들어 올렸다. 마치 그 짐들이 인간의 조건을 유지하기 위해 바쳐야 하는 공물이라도 되는 양.

부인이 제안했다. 「저랑 점심 같이 드시겠어요? 여름에 대비해서 정원을 미리 손보던 중이었어요. 정원 일이 어떤 것인지 잘 아시잖아요. 자, 가시죠, 무슨 근심이 그리 많은지 저한테 이야기해 보세요.」

번역가는 잠시 집에 있는 고양이들을 떠올렸다. 고양이들을 버려두어도 괜찮을까?

그러다가, 약간의 불확실성은 함께 사는 자들에게 이익이 될 뿐 해가 될 것은 없다고 생각하며, 한나절쯤 고양이들을 버려두기로 했다.

13

정원과 극지(極地)

여자와 그녀의 남편은 멀리 떨어져 살고 있었다.

남자는 극지를 탐험하고 있었고, 여자는 그가 돌아오기를 기다리며 살았다.

남자는 파도가 너울대는 바다 대신 움직이지 않는 바다를 선택한 뱃사람이었다. 그가 맞서 싸우는 것은 폭풍우만큼 무시무시하지만 딱딱하게 굳은 채 꼼짝 않고 있는 적이었다. 요컨대, 얼음이 바로 그의 전문 영역이었다. 그는 남극에서 학술 탐사대를 이끌고 있었다. 하얀 빙설 한가운데에 커다란 구멍을 뚫고, 순백의 얼음 덩어리를 채취해, 거기에서 우리 지구의 역사를 읽어 내는 것이 그의 일이었다. 얼음은 우리의 과거를 기억하고 있다. 옛날에 우리 행성의 기후가 어떠했는지를 알려 주는 가장 확실한 고문서들이 그 속에 감추어져 있는 것이다. 그는 어떤 한 장소에서 몇 달을 두고 머물러 있었다. 한 세기 전, 프랑스의 탐험가 뒤몽 뒤르빌이 펭귀노폴리스, 곧 〈펭귄의 도시〉라 명명하기도 했고, 자기 아내의 이름을 따서 〈아델리의 땅〉이라고 부르기도 했던 바로 그곳이었다. 다정다감하면서도 대담무쌍했던 그 뒤몽이라는 항해가는 그곳을 탐험하기 전에 다른 공로로 영광을 누린 바 있었다. 즉, 1837년 밀로의 비너스를 그리스에서 프랑스로 가져온 사람이 바로 그였다. 그 대리석에 싫증이 났던 것일까? 그는 결국 대리석을 버리고 빙산을 선택했다.

남편이 남극해를 항해하며 빙하학 탐사를 계속하는 동안, 그의 아내는 프랑스에서 기다림에 지쳐 가고 있었다. 비행사 가문의 자손답게, 그녀는 모험이 어떤 것인지를 잘 알고 있었다. 그러나 바로 그 점 때문에 그녀에게도 자기 몫의 탐험이 필요했다. 게다가 남자 없이 처량하게 지내는 날들이 하릴없이 쌓여 감에 따라, 그녀는 삶의 리듬과 의미와 순환을 되찾고 싶어 했다(물론 그녀에게는 아이들이 있었다. 그러나 여자라고 자식만 바라보며 살 수는 없지 않은가).

남편과 아내 중에서 누가 먼저 그 묘안을 떠올렸을까?

그 질문엔 답이 없다. 앞으로도 없을 것이다. 두 사람이 저마다 하늘에 두고 맹세한다면서 자기가 바로 그 묘안의 아버지(또는 어머니)라고 완강하게 주장하고 있기 때문이다.

사이좋은 부부들은 흔히 그런 사소한 문제들을 가지고 다툰다. 영원히 승부를 가릴 길 없는 그 말다툼의 내력은 이러하다.

어느 날, 그녀는 집에서 바다 쪽으로 내려가는 비탈의 노랗게 시들어 가는 잔디를 바라보고 있었다. 가장자리에 목마른 데이지들이 둘러서 있는 것만 빼면, 잔디밭은 마치 커다란 거적을 깔아 놓은 듯한 모습이었다. 때는 제2차 세계 대전 직후였다. 하늘이 전쟁에 대한 자책감을 씻는 뜻으로 오랫동안 햇살을 선물하고 싶어 해서 그랬는지, 그해에는 여름 내내 비가 내리지 않았다. 그녀는 한숨을 토하며 이렇게 말했다.

「브르타뉴 지방의 이 재해를 오히려 좋은 쪽으로 활용해서 하나의 걸작을 만들어 보면 어떨까?」(아내 쪽 진술.)

어느 날, 평소처럼 빙하의 포로가 되어 있던 남편은 아내를 떠올리며 이런 생각을 했다. 〈나는 정말이지 아내가 나 없이도 행복하게 지낼 수 있기를 바란다. 내가 학술 탐사를 하는 동안, 아내가 — 법도에 어긋나지 않는 범위 안에서 — 무슨 활동이든 하며 명랑하게 살 수 있으면 좋겠다. 그런 활동에 뭐가 있을까?〉 식물을 가꾸는 일에 대한 생각이 그의 머릿속에 떠오른 것은 바로 그때였다. 남극에 있으면 무엇보다 그리워지는 게 식물이라서 그런 생각이 들었는지도 모른다.

「여보, 신발 털개 같은 우리 잔디밭을 화려한 식물원으로 바꿔 보면 어떨까? 남극에서 돌아올 때마다 그런 정원을 볼 수 있다면 난 정말 행복할 거야!」 (남편 쪽 진술.)

아닌 게 아니라, 식물을 가꾸고 파는 일은 뱃사람의 아내에게 유익한 점이 많았다. 정원을 정성스럽게 가꾸는 노동은 심미안을 고상하게 다듬어 줄 뿐만 아니라 몸도 평온하게 달래 주었다. 또 그것은 그녀가 혼외정사의 유혹에 빠지지 않도록 지켜 주면서도 동시에 그녀의 관능미를 발전시켰다. (화자의 해설.)

부인은 생텍쥐페리 가문에서 태어난 여자답게 위대한 작가들의 관련 서적을 독파했다. 그녀가 읽은 책으로는 괴테의 『친화력』과 윌리엄 로빈슨의 『야생 정원』, 거투르드 지킬의 『주요 내한성(耐寒性) 화초』, 비타 색빌웨스트의 『당신의 정원에서』, 그리고 무엇보다 러셀

페이지(1906~1985)의 『원예가 교육』이 있다. 그녀는 또 〈크루〉, 〈델바르〉, 〈파조탱〉, 〈엘보르〉와 같은 원예 회사의 카탈로그들을 뒤적이며 몇 해 겨울을 보냈고, 거기에 나온 식물들을 사느라고 막대한 돈을 쏟아 부었다. 심었다가 실패하고 다시 심기를 되풀이하면서 그녀는 차츰차츰 박학다식한 원예가로 발전해 갔다.

그녀가 번역가에게 말했다. 「예전엔 나도 이 섬에서 여름만 나고 가는 피서객들과 다를 게 없었어요. 6월 말이나 되어서야 여기에 오곤 했는데, 그때쯤이면 벌써 정원이 스스로 모양을 갖추고 있었지요. 골담초는 이미 만개한 상태였고, 수국도 소담스럽게 꽃을 피운 뒤였지요. 자연이 이미 나를 위해 모든 것을 결정해 놓은 마당에, 어떻게 정원을 창조한다고 큰소리칠 수 있겠어요? 가장 중요한 시기는 모든 것이 준비되는 2월과 봄기운이 올라오는 3월인데, 나는 그 시기를 놓치고 있었던 거예요.」

번역가는 옳다 하며 맞장구를 쳤다. 이젠 그가 자기 근심을 이야기할 차례였다. 그는 출판인들의 조급증을 설명하고, 가장 기본적인 작업 리듬조차 존중할 줄 모르는 그들의 태도를 비판했다. 「그들은 나보코프 작품을 겨울에도 번역할 수 있는 것처럼 생각합니다. 나보코프가 누굽니까? 나비들과 너무 가까이 지낸 탓에 그 종잡을 수 없는 교태를 문학에 차용한 사람입니다. 더구나 나비 한 마리 날지 않는 허전한 계절에 어떻게 그런 비인간적인 일을 해나갈 수 있겠습니까? 모두가 다 아는 사실을 출판사에서만 모르고 있어요.」

부인은 그의 두 손을 잡았다.

「맞아요, 어쩌면 그렇게 저하고 생각이 비슷하세요! 그들이 그런 식으로 선생님을 괴롭히는 거로군요. 책을 만드는 사람들마저 소름 끼치는 현대성에 감염된 게 분명해요. 혹시 제가 선생님께 도움이 될 수 있다면, 무엇이든 도와 드리고 싶은데……. 저는 식물 이름을 잘 알아요. 그게 선생님이 일하시는 데 쓸모가 있을까요? 저는 주로 영어로 된 원예책을 읽었어요. 그러고 싶어서 그런 게 아니라, 원예에 관한 좋은 책들은 대개 영어로 쓰였기 때문에 선택의 여지가 없었어요.」

번역가는 진정으로 고마움을 표했다. 그녀의 원예 지식은 틀림없이 크게 도움이 될 것 같았다. 그 얄망궂은 나보코프는 자신의 『에이다』를 노아의 방주 같은 것이 되도록 구상했다. 그는 모든 것에 대해 이야기하고 있었고, 그 모든 것에는 식물학도 포함되어 있었다.

그녀는 걸작을 구경하러 가자면서 팔을 잡고 이끌었다.

정원을 이리저리 돌아다니며, 그녀는 식물 종의 이름을 수도 없이 나열했다. 번역가에게는 그저 낯설기만 한 식물들이었다.

정원 역시 말들이 무더기무더기 널려 있는 난삽한 공간이다. 그곳을 산책하면서 식물의 이름을 부를 줄 모르는 사람은 어렴풋한 표면밖에 감상하지 못한다. 그곳은 천지창조 이전의 세계 — 한 처음, 천지가 창조되기 전부터 말씀이 계셨다 — 와 비슷하다. 그런가 하면, 갑자기 정숙한 체하는 여자로부터 따귀를 맞고 안경을 떨어뜨린 졸보기의 세계와도 닮은 점이 있다.

14

물물 교환 예찬

그로부터 3개월이 지난 7월 6일은 바캉스가 공식적으로 시작되는 날이었다. 공기도 땅도 축축했던 그날, 두 패의 사람들이 동시에 섬에 들어왔다. 그 두 무리는 배를 타고 섬에 올 때까지는 뒤섞여 있더니, 배에서 내리자마자 서로 갈라섰다.

첫 번째 패에는 사진기를 든 사람들하며 〈참 멋있다!〉라든가 〈저 분홍빛 바위들 말이야, 저거 색칠해 놓은 거 아니야?〉라는 식으로 떠벌리는 사람들이 속해 있었다. 그날처럼 흐린 날씨에는 어울리지 않게 선크림 냄새가 그들 주위로 진하게 풍겨 나왔다. 그들은 〈난파선 약탈자들의 등대〉며 조수 물레방아, 최고봉(해발 32미터) 등 섬의 명물과 명승이 있는 곳을 묻고는, 지체 없이 그것들의 사진이 담긴 우편엽서를 사러 몰려 갔다. 구경에 게걸들린 그 떼거리는 우리 섬사람들이 경멸해 마지않는 부류, 이른바 관광객들이었다.

쭉정이는 가고 부두에는 이제 알맹이만 남았다. 품격 높은 부류, 즉 섬에 집을 가지고 있고 〈여름 나그네〉라는 고상한 이름을 스스로 붙인 가족들이었다. 그들은 연락선에서 부두까지 한 줄로 길게 늘어선 다음, 물로 둘러싸인 섬에서 온전한 살림살이를 하는 데 필요한 갖가지 물건들을 손에서 손으로 옮겼다. 딸기·배 잼이 들어 있는 종이 상자며 아기를 식탁에 앉힐 때 쓰는 높은 의자, 부엌의 개수대 따위를 챙겨 온 가족이 있는가 하면, 오리 머리가 달린 튜브, 모노폴리 놀이 도구, 선반 널, 회전 톱을 가져온 사람들도 있었다. 접었다 폈다 할 수 있는 휴대용 국부 세척기도 필수품 중의 하나였다. 그것을 사용해서 뒷물을 하면 피임 효과를 볼 수 있다고 믿는 사람들이 아직 더러 있던 시절이었다.

잡동사니들이 쌓여 여남은 개의 큰 무더기를 이루면서 부두에 장터 같은 활기가 돌았다. 그 두 번째 부류에 속한 사람들은 모두가 서로 잘 아는 사이였다. 오랜 세월 사귀는 동안 친지간에 혼인도 많이 이루어졌고, 이웃사촌끼리 사돈을 맺은 경우도 있었다. 그들은 최근 소식을 주고받느라고 한바탕 야단을 떨었다. 누구네 며느리가 해산을 했다는 둥, 아무개네 자녀가 이공계 대학 최고의 명문인 폴리테크니크에 합격했다는 둥, 신앙심 두터웠던 한 아주머니가 애석하게도 세상을 떠났다는 둥 화제는 끝이 없었다. 게다가 그들이 가져온 잡동사니들을 집으로 날라다 주기로 되어 있는 손수레와 짐수레는 늘 그랬던 것처럼 마냥 늑장을 부리고 있었다. 밀물 때가 아닌 게 그나마 다행이었다. 배에서 내린 아이들은 자전거를 타느라 여념이 없었다.

그들로부터 조금 떨어진 곳에서, 한 젊은이가 사전 더미와 씨름을 벌이고 있었다. 여행 가방에서 쏟아져 나온 사전들은 너무 오랫동안 갇혀 지내다가 여름학교에 온 개구쟁이들처럼 부두 위에서 자유를 마음껏 누리고 싶어 하는 듯했다. 사전들은 쌓아 놓기가 무섭게 와르르 무너져 내렸고, 땅바닥에 떨어지자마자 물웅덩이에서 찰박거렸다. 그 개구쟁이들 무리에 끼이지 않은 얌전한 희귀본들은 성글지 않게 부슬거리는 이슬비를 흠뻑 맞으면서 책장이 빗물에 젖어 뒤틀리는 것을 오히려 기꺼워하고 있었다.

그 광경을 홀린 듯이 바라보고 있던 이가 한 사람 있었다. 〈세계 공통어 시안〉에 관해서 연구하고 있던 예의 그 석학이었다. 그 역시 인파에 섞여 방금 섬에 도착한 길이었다. 그는 전통을 사랑했고, 똑같은 의식(儀式)이 세대에서 세대로 계승되는 것을, 또 사람들이 대를 이어 가며 똑같은 함정에 빠지는 것을 좋아했다. 그는 젊은이에게 다가가 손을 내밀었다.

「내가 동지를 만난 것 같군요, 그렇지요? 박사 과정에 있는 거 맞지요?」

사전들과 씨름하던 젊은이가 고개를 들었다. 그의 앳된 얼굴이 자부심으로 빛났다.

「스탕달의 어떤 사랑에 관해서 연구하고 있습니다. 아직까지 알려지지 않은 어떤 열렬한 사랑에 관한 것입니다.」

「흥미롭군요, 정말 흥미로운 주제예요!」

우리의 석학에게도 그런 열정에 사로잡혀 있던 젊은 시절이 있었다. 돌이켜 보면, 그 시절에는 그도 박사 논문을 끝낼 수 있으리라고 믿었다. 그는 부두에 흩어져서 뱃사람들의 기를 죽이고 있는 그 두꺼운 학술서들을 바라보면서, 두세 달 지나면 그 책들도 먼저 섬에 들어왔던 다른 책들과 마찬가지로 벽장 속에 처박히는 신세가 되리라고 생각했다. 숱한 연구자들이 섬에 버리고 간, 무용지물이 되어 버린 문서들, 그 흐지부지된 연구 계획들의 잔해를 다 그러모았다면, 이 세상에서 가장 완벽한 백과사전을 편찬할 수도 있었으리라. 물론 그는 젊은 연구자의 미래에 대한 자신의 회의적인 생각을 발설하지 않았다. 그 대신에 행운이 함께하기를, 그리고 놀기보다는 공부하기에 좋은 나날이 계속되기를 기원했다. 그 젊은이에게는 쾌청한 하늘과 산들바람이 오히려 방해가 될 수도 있었다. 날씨가 그렇게 좋으면 너무나 난해한 연구는 고문이 될 것이기 때문이었다.

그때, 우리의 번역가를 위해 징집관 노릇을 하게 될 여인이 부두에 나타났다. 풀빛 꽃무늬가 들어간 긴 민소매 원피스 차림에, 곱슬곱슬한 금발엔 밀짚모자를 쓰고, 정원 일로 거칠어진 두 손을 가볍게 오그린 모습이었다. 남편의 성보다는 친정 가문의 성이 더 유명해서 생텍쥐페리 여사라 불리는 그 여인은 인기가 대단했다. 그 인기에는 그녀의 쾌활한 성격뿐만 아니라 식물학 지식도 큰 몫을 하고 있었다. 사람들은 그녀를 에워싸고 그녀와 볼을 비비며 인사를 나누자마자, 갖가지 소박한 질문들을 퍼부어 댔다. 〈사과나무 가지 다듬기를 하는 게 아직 가능한가요? 관상용 자두나무는 이곳 풍토에 적응이 됩니까? 달리아 촉성 재배는 어떤 식으로 하는 거예요?〉 하고.

부인은 미소 지으며 조금 떨어져 선 다음, 두 손을 펴서 들어 올렸다.

「잠깐만요, 잠깐만 조용히 해주세요. 일을 순서대로 합시다. 제가 먼저 말씀드릴 게 있어요. 이중에 영어 할 줄 아시는 분 있어요?」

징집관 노릇을 자청한 부인은 번역가의 처지를 설명하고, 파리 사람들의 흉포함과 번역의 긴급함을 강조했다. 그녀의 목소리는 여느 때와 다름없이 부드러웠지만, 그 어조에는 냉정한 결의가 담겨 있었다.

사람들이 하나 둘 손을 들며 말했다. 「예전에 배운 게 도움이 될 수 있으면 좋겠는데…… 학교를 졸업한 지 워낙 오래되어서…….」 「나는 토론토에서 2년을 살았어요.」 「오스트레일리아에서 온 우리 며느리가 이번만큼은 우리에게 뭔가 도움이 되겠네요…….」 「우리 집에 아이들을 보아 주는 영국 처녀가 있는데, 그 아가씨하고 얘기를 나눠 보기 전에는 뭐라고 약속을 못 하겠네요. 그런 애들은 먹고 마시는 게 생겨야 일을 하니 말이에요…….」

지원자들은 모두 자기들이 영어 지식을 제공함으로써 반대급부로 얻게 될 것이 무엇인지를 깨닫고 있었다. 그 순간, 그들과 그녀 사이에는, 문장 하나에 꺾꽂이 가지 하나, 문단 하나에 묘목 하나 하는 식의 약정이 맺어지고 있었다.

말과 꽃을, 책과 정원을 맞바꾸는 그런 식의 물물 교환은 우리에게 늘 있는 일이었다. 우리는 생선과 대합을 서로 교환했고, 아이를 보아 주는 대가로 휘발유를 받았으며, 누가 바닷가재 있는 구멍을 알려 주면 그 대신에 리오레 만드는 법을 가르쳐 주곤 했다 — 바닷가재에 관한 정보가 가짜인 경우에는, 리오레 조리법도 불완전하게 전수되었음은 물론이다. 물물 교환에는 특별한 미덕이 있다. 우리는 세상 만물 가운데 우리가 마음대로 처분할 수 있는 온갖 물품들과 신체적으로 접촉함으로써 촉각을 다시 배운다. 또 이미 결정된 가격에 모든 것을 맡겨 버리는 그 게으름에 굴복하지 않고, 사물의 값어치를 헤아리는 일반적인 기준, 곧 화폐라고 하는 거대한 빙하에 휩쓸리지 않는다. 그 대신에, 우리는 사물의 가치를 헤아리기 위해 숙고하며, 농어 1킬로그램은 몇 시간의 수공과 맞먹는지, 해군에 들어가는 자식을 위해 추천장을 써주면 그 대가로 담벼락 회칠을 몇 차례 해주어야 하는지를 따지면서, 서로 맞바꿀 만한 품목의 쌍을 하나하나 만들어 간다.

물물 교환에서는 자기 마음속으로 저울질하든, 남과 흥정하든 언제나 대화가 힘을 발휘한다.

섬에는 약간의 주화만이 유통되고 있었다. 그러나 그것들마저 아이들은 금세 노리개로 바꿔 버리곤 했다. 쇠돈이 필요한 몇 가지 경우를 빼면, 모든 거래는 장부를 통해서 이루어졌다. 장터 마을의 세 가게에는 가구별로 하나씩 외상을 달아 두는 장부가 있었고, 셈은 한 철이 끝날 때마다 이심전심으로 자연스럽게 치러졌다.

돈은 저기 멀리, 비를 품은 먹구름 아래의 대륙에 머물러 있었다.

15

우리의 본당 신부는 이단에 대한 강박 관념에 사로잡혀 있었다.

전해에, 신부는 식후에 늘 하는 산책을 나갔다가 등대 서쪽에서 바위 뒤에 숨어 있던 벌거벗은 노인을 발견한 바 있었다. 노인은 다리를 벌려 눈처럼 하얀 거웃을 드러내고, 이어폰의 검은 줄이 뇌의 깊숙한 곳까지 이어진 듯 음악에 몰입한 채, 햇볕을 쬐고 있었다. 아마도 무덤에 들기 전에 몸을 좀 덥히고 싶었던 모양이었다.

그날 저녁, 사제는 본당의 신자들 중에서도 가장 신심이 두터운 사람들을 불러 모았다. 그들은 삼종 기도를 한 차례도 빼놓지 않고, 매년 8월 15일에는 바자회를 주최하며, 미사 참례를 절대로 거르는 적이 없는 사람들이었다.

「내 이럴 줄 알았지! 언론에서 자연에 대한 욕구, 투명성 예찬 운운하며 부질없는 소리를 해쌓더니, 아담파들이 다시 돌아온 거야.」

나체주의는 모두 창세기에 기원을 두고 있다. 아담과 이브는 죄를 짓고 에덴동산에서 내쫓기기 전까지 알몸이면서도 부끄러운 줄 모르고 살았다. 그런가 하면 다윗은 아주 짧은 옷을 허리에 두르고 야훼의 궤 앞에서 덩실덩실 춤을 추었다고 전한다. 그는 아마도 하느님과 직접적으로 만나던 그 거룩한 시대를 되살리고 싶어 했던 것이리라. 성서의 그 구절들에 근거를 두고, 몇몇 집단이 시대를 달리해 가며 그 광신적인 나체주의를 실행에 옮겼다. 그노시스파, 베긴파, 튀를루팽파 등이 바로 그들이었다.

다행스럽게도 1972년에는 하느님이 지혜를 발휘하사 예년보다 여름이 빨리 끝났다. 햇빛 찬란하던 6월 이후로는 비 오는 날이 계속되었다. 비는 나체주의를 퇴치하는 특효약이었다. 사람들은 이내 다시 옷을 입었다.

그로부터 1년 후, 본당 신부는 이제 다른 일로 걱정에 싸여 있었다.

「이보게들, 올여름에는 유난히 우리 섬에 사람들이

많이 돌아다니는 것 같지 않아?」

신자 한 사람이 그에게 순례를 상기시켰다. 중세 사람들이 파리에서 스페인의 산티아고데콤포스텔라까지 걸어서 순례를 했듯이, 보행은 역사적으로 신앙과 긴밀하게 결합되어 있으며, 인간의 가장 건전한 행위 중에 하나이니 걱정할 필요가 없다는 거였다.

「그 새로운 보행자들이 모두 우리 교회 쪽으로 모여들고 있다면 자네의 말을 믿겠는데, 애석하게도 그게 아니란 말일세…….」

딴은 수긍이 가는 반론이었다. 어떤 신자는 전혀 다른 쪽에서 대답을 구했다.

「섬에는 뛰어난 건각(健脚)들이 많습니다. 물에 둘러싸여 살다 보니 땅을 디디고 싶은 욕구가 생기는 건 당연합니다. 오스트레일리아를 보십시오. 브루스 채트윈이라는 사람을 아십니까? 탁월한 작가이자 여행가입니다. 예민한 감각과 지칠 줄 모르는 다리를 아울러 지닌 사람이지요. 그는 오스트레일리아에서 많은 원주민들을 만났습니다. 그의 이야기에 따르면, 원주민들에게는 영토의 한 곳에서 다른 곳으로 이동할 때 부르는 노래가 있다고 합니다. 〈자취의 노래〉라 불리는 그 노래가 바로 그들의 유일한 지도(地圖)인 셈입니다. 그 노래 지도 덕에 그들은 길을 잃는 법이 없습니다. 그들의 나라가 아직 존재하지 않던 〈꿈〉의 시대에, 그들의 선조는 조약돌 하나하나까지 노래를 불러 찬양함으로써 나라를 세웠습니다. 그런 점에서 오스트레일리아는 하나의 악보로 읽힐 수도 있습니다……. 걸으면서, 노래하면서, 원주민들은 세상 만물의 명명자인 선조들의 발자취를 따르는 것이지요.」

「어쨌든 간에 나는 마음을 놓을 수가 없네. 길과 고샅을 배회하는 사람들이 그렇게 부쩍 많아진 것이 내가 보기에는 좋을 게 하나도 없어.」

신부의 눈은 틀림없었다. 걷는 사람들의 모습이 그 어느 때보다 눈에 많이 띄는 게 사실이었다.

물론, 우리 섬에는 원래 걸어다니는 사람이 많다. 보행이 바로 우리의 주요한 교통수단이기 때문이다. 다른 교통수단으로 말하자면, 자동차는 금지되어 있고, 트랙터는 희귀하며, 오토바이는 의사와 전원 감시인만이 타고 다니고, 말은 기이할 정도로 생소하며, 노새가 있기는 하되 부리기가 어려워 천리에 어긋나는 성행위에나 사용되는 것이 고작이고, 자전거는 언제나 녹슬고 부서지고 고장 나 있어서 사용할 수 없는 경우가 대부분이다.

하지만, 낯익은 보행자 무리에 새로이 추가된 사람들의 거동이 심상치 않았다. 그들은 다리를 놀리는 것만큼이나 입술도 부지런히 움직이고 있었고, 내면의 어떤 광경에 눈이 팔린 듯 바깥 세계의 그 어느 것에도 눈길을 주지 않았다. 그러다가 이따금씩 어떤 계시를 받는지, 아니면 미친 듯이 솟구치는 어떤 흥분에 휩싸이는지, 마치 간질병에 걸린 사람들처럼 격렬한 발작을 일으켰다. 그럴 때, 그들이 보이는 증상은 두 가지 중 하나였다. 몸에 지니고 있던 종이나 연필을 꺼내어 정신없이 뭔가를 끼적거리기 시작하는 사람이 있는가 하면, 아메바병에 걸린 예전의 식민지 거주자들처럼 발작이 일어나기가 무섭게 집으로 달려가는 사람들도 있었다.

그런 기이한 증상들은 대관절 무슨 병과 관련이 있는 것일까? 신부는 마음속으로 그 질문을 이리저리 되작이면서 고백성사의 효력 상실을 그 어느 때보다도 아쉬워했다. 20년 전 같으면, 고백실에서 귀를 기울이는 것만으로 모든 궁금증을 풀 수 있었을 것이다. 신자들은 죄를 고백하기에 알맞은 어스레함 속에서 작은 격자창 너머로, 그가 알고자 하는 비밀을 자세한 내막과 필요한 설명을 곁들여 가며 속삭여 주었을 테니까.

아이들 역시 어른들의 갑작스러운 변화에 궁금증을 느끼고 있었다. 아이들이 흔히 보아 온 어른들의 일은 사과나무 가지치기, 담벼락에 회칠하기, 전쟁이면 전쟁이고 평화면 평화지 어리석게도 『전쟁과 평화』라 제목 붙인 러시아 소설처럼 들고 있기가 버거울 만큼 두껍기가 이만저만 아닌 책을 배 위에 올려놓고 읽기, 머리를 줄곧 긁적이며 조석표(潮汐表) 들여다보기, 저기 가련한 대륙을 괴롭히면서도 섬은 적시지 않는 소나기라든가 우리 섬만이 누리는 특이한 날씨를 놓고 이웃간에 수다 떨기, 두더지와 싸우기, 방울방울 물이 새는 화장실 고치기, 마치 30분마다 그 숫자가 달라지기라도 하는 양 또다시 조석표 들여다보기 따위였는데, 그토록 우스꽝스러운 일상사들을 어른들이 갑자기 팽개쳐 버린 것이다. 아이들로서는 도무지 영문을 알 수 없는 일이었다.

부모들은 가련하게도 숙제에 시달리던 어린 시절로 되돌아가 있었다.

연필을 입에 물고 잘근거리기, 초점 잃은 눈으로 멍하니 허공 보기, 파란 하늘을 우러르며 땅이 꺼지도록 한숨짓기, 성난 듯이 책장을 팔랑팔랑 넘기며 사전 찾기, 15분마다 자리에서 일어나 냉장고를 열고 먹다 남은 음식 깔짝대기, 라디오를 공연히 켰다 껐다 하기, 다시 파란 하늘을 올려다보며 〈이런 젠장, 물때를 놓쳤군〉 하고 투덜대기 등등. 그 모든 것들은 바로 방학 숙제 때문에 괴로움을 겪는 어린이들에게서 전형적으로 나타나는 행동이었다.

16

그렇듯이, 온 섬에 『에이다』 번역 열풍이 불기 시작했다.

아르템 파야르라는 파리의 출판사에 대해 십자군 전쟁을 벌인다는 기분이 들었던 것일까. 섬의 토박이들은 주저 없이 열성적으로 우리 편에 가담했다. 우리 여름 나기 뜨내기들에 대해 그들이 보여 주던 가벼운 멸시도 어느새 자취를 감추었다. 뭍과의 전투가 벌어지면 토박이들과 우리는 동맹군이 된다. 우리의 번역가에 대한 애정이 그들을 부추기고 있었음은 물론이지만, 무엇보다 그들을 고무시킨 것은 파리에 대한 증오였다.

텔레비전을 통해 일기 예보를 할 때면, 늘 프랑스 남부 지중해 해안에는 햇빛이 날 거라고 예보하면서 브르타뉴 지방에는 아주 화창한 날인데도 비가 올 거라고 악담을 하는 파리. 온 프랑스에 고속 도로를 내주면서도 서부 지방은 끝내 외면했던 파리.

그 밖의 여러 가지 일로 우리 섬사람들을 화나게 하고 서운하게 했던 그 파리가 그들의 혐오 대상 명단에서 영국을 밀어내고 수위를 차지하게 되었다. 그럼으로써 그들은 마음속 가장 깊숙한 곳에 잠자고 있던 옛날의 그 사나운 기질을 되찾고 있었다.

비록 언어가 그들의 주된 전문 분야는 아니었지만, 그들은 자기들 깜냥대로 우리를 열심히 도우려 했다. 바닷가재 잡는 어부, 잔디 깎는 삯일꾼, 호텔 〈전망 좋은 집〉의 요리사, 주거를 개수해 주는 건축 기술자, 집에 베란다를 설치해 주는 미장이, 해군 퇴역자 등으로 이루어진 그 후원자들에겐 누구보다 잘하는 일이 한 가지쯤은 있었다. 희귀조 이름 대기, 고장난 타자기 수리하기, 감독 나온 세무 직원 따돌리기에 능한 이가 있는가 하면, 밤이건 낮이건 언제라도 설탕 크레프나 메밀 전병을 만들어 줄 수 있는 이도 있었다. 그토록 많은 도움이 없었다면, 우리의 번역가는 노도 없고 돛도 없는 가련한 뱃사람처럼, 변덕 많고 파란 많은 일상생활의 물결에 휩쓸리고 말았을 것이다.

생텍쥐페리 여사는 그 일을 계기로, 겉으로 보이는 부드러움 속에 굳센 지도자 기질이 감추어져 있음을 보여 주었다. 영어를 다소간 할 줄 아는 자원자들이 확보되자, 그녀는 사람 수에 맞게 책을 쪼개어 각 자원자에게 한 부분씩 나누어 주었다. 그런 다음, 한 사람씩 찾아다니며 힘을 북돋워 주었다. 그녀는 막내딸을 자주 데리고 다녔다. 카트린이라는 그 딸아이는 어린 나이에 벌써 싹싹하기가 그만이었다. 꽃무늬 원피스를 입은 모녀가 나란히 우리 원고를 들여다보고 있을 때면, 우리는 되도록 조심스럽게 두 여자의 비누 냄새를 맡곤 했다.

「*She had been prevailed upon to clothe her honey-brown body*, 정말 옮기기가 쉽지 않군요…… 그래요, 쉽지 않아요. 특히 이 전치사 수반 동사, *prevailed upon* 이 어렵군요. 그래도 포기하지 말고 계속하셔야 돼요. 이렇게 애써 주시는 게 우리 번역가 양반에게 얼마나 큰 도움이 되는지 몰라요. 그 섬세한 양반이 지금 아주 심각한 고민에 빠져 있거든요. 자, 이거 받으세요. 살구 파이를 좀 갖고 왔어요. 살구의 미묘한 신맛에 자극을 받으면 생각이 더 잘 날 거예요.」

참으로 인정 많고 두름성 좋고 열성적인 여인이었다.

그녀는 그런 식으로 온종일 가가호호를 방문하며 아마추어 번역자들을 독려했다.

그런데 본당 신부가 섬에서 배회하는 사람이 많아지는 것을 불안해하듯이, 이유는 달랐지만 그녀 역시 그것을 걱정하고 있었다.

「왜 다들 그렇게 섬을 누비고 다니는 거예요? 책상이나 탁자 앞에 머물러 있는 게 더 효율적이지 않을까요? 내가 주제넘게 참견하는 것 같아 미안하지만, 꼭 그렇게 많이 걸어야 일이 되나요? 우리의 번역가 질을 생각해야지요. 그 양반 심성이 너무 고와서 마음을 다치기가 쉬운 분이에요. 그이가 여러분을 기다리고 있어요.」

우리는 그녀를 안심시켜야 했다. 그래서 산보가 우리에게 아주 큰 도움을 주고 있노라고 자신 있게 말했다.

〈예를 들면요?〉 하고 그녀가 설명을 요구했다.

우리의 설명은 이런 식이었다. 다음과 같은 나보코프 특유의 문장을 대하면, 이걸 어떻게 옮겨야 할지 아무 생각도 떠오르지 않고 그저 막막하기만 하다.

The child tried to assuage the rash in the soft arch, with all its accompaniment of sticky, itchy, not altogether unpleasurable sensations, by tightly straddling the cool limb of a Shattal apple tree.

그럴 땐 걸어야 한다. 걸음은 우리의 마음고생을 헤아리고(〈나보코프라고요? 젠장맞을! 걸려도 아주 호되게 걸렸군요!〉), 즉시 안심하라는 신호를 보낸다(〈걱정 마세요, 나한테 맡기세요〉). 그러면 발바닥에 한 줄로 늘어선 눈에 보이지 않는 여남은 개의 작은 펌프에 차례차례 불이 들어오고, 1킬로미터를 답파할 즈음이면 뜨거운 기운이 올라오는 것을 느끼게 된다. 피가 몸속에 늪처럼 괴어 있지 않고 위로 올라와 뇌 속에 구석구석 퍼져 나간다. 뇌에 다시 생기가 돌면서 꼼짝 않고 있던 톱니바퀴들이 하나둘 맞물려 돌아가고 요술 장치가 작동하기 시작한다. 두개골 속에서 환희의 축제가 벌어진다. 스위스 조각가 팅겔리의 미친 듯이 돌아가는 기계 장치 같기도 하고, 새들이 왁자하게 지저귀는 새장 속 같기도 하다. 낱말들은 자기들의 유골 단지(사전이라는 공동묘지에 알파벳순으로 배열된 영구적인 분양지)를 떠나 덩실덩실 춤을 추면서 우리를 도우러 온다.

이제 우리 마음에 드는 것을 고르기만 하면, 말들이

상품처럼 우리에게 배달된다. 배달 방식도 우리 마음대로 선택할 수 있다. 시끄러운 구두 방식을 원하면 상품은 입술과 혀 쪽으로 전달되고, 조용하고 군더더기가 없는 필기 방식을 원하면 중지와 검지와 엄지 사이로 전달된다. 그리하여 다음과 같은 번역문이 만들어진다.

여자 아이는 연약한 옥문(玉門)의 염증에 곁따르는 갖가지 느낌, 곧 끈적끈적하고 간질간질하면서도 꼭 불쾌하다고만은 할 수 없는 느낌을 가진 채로, 새털 사과나무의 시원한 줄기에 허벅다리를 바싹 붙이고 말 타듯이 타고 앉아, 그 염증을 가라앉히려고 애썼다.

위와 같은 이유로 우리는 다른 어느 때보다 많이 걸으면서 그해 여름을 보냈다.

17

번역가, 우리 아마추어들이 아닌 그 진짜 번역가도 산보를 즐겼다. 그러나 그는 밤에만 산보를 했다. 낮에는 타자기 앞에 앉아서 시간을 보냈다. 그는 부서진 P 자에 유난히 애정 어린 눈길을 보내면서 몇 시간 내내 타자기 건반을 바라보았다. 그러고 나면, 그의 눈길은 갑자기 지친 기색을 보이며, 우리가 맡은 부분의 초역 원고가 쌓여 있는 곳으로 쏠렸다. 그 원고 더미는 생텍쥐페리 여사가 자랑스러움에 얼굴을 붉히며 저녁마다 그에게 가져다준 우리 노력의 결실이었다. 그는 마치 여사가 또 한 차례 자기 목숨을 구해 준 사람이라도 되는 양 눈물까지 글썽이며 고마워하곤 했다. 그러나 그 자리에서 내색은 안 하지만, 나중에 가서 그에게 남는 건 한숨뿐이었다. 〈이 사람들 성의는 정말 고마운데, 영어를 몰라도 너무 모르는군! 뜻을 잘못 새긴 것도 많고, 낱말의 생김새가 비슷하다고 잘못 넘겨짚은 것도 많아……. 이 모든 노력이 완전히 쓸모없는 것이 될까 봐 걱정이군.〉

나비들이 더러 날아 들어와 그의 주위를 돌기도 했다. 나비들은 사태가 위급하다는 것과 저희의 친구 나보코프가 이 일에 관련되어 있다는 것을 알고 있었다. 그래서 고양이들의 악취와 텃세를 무릅쓰고 멋진 곡예와 오색의 미태를 보여 주러 들어온 것이다. 나비들은 마치 이런 말을 하고 싶어 하는 듯했다. 〈자, 보세요, 바로 이런 식으로 써야 돼요. 자, 이렇게 말이에요. 명심하세요. 무겁게 쓰는 건 절대 안 돼요. 달인의 필치로, 생동감 있게, 경이롭게…….〉

바로 그 때문에, 번역자는 나비들이 훈계조의 요란한 춤을 끝내고 어딘가에 지쳐 쓰러져 있는 밤에만 산보를 나갔던 것이다. 사실, 그는 나비들의 교태에 싫증이 나 있었다. 그렇다고 나비들을 쫓아내면서, 〈됐어, 그만들 해. 날 좀 가만히 내버려 둬!〉라고 말할 수가 있었을까? 이미 성마른 사람으로 호가 난 블라디미르와 나비들의 관계가 어떠한지를 뻔히 아는 마당에.

번역가는 젊은 짐꾼과 함께 보내던 침묵의 시간을 줄였다. 그는 예전과는 달리 양말도 빨아 주지 않고 친구를 돌려보낸 다음, 손에 수첩을 들고 귓등에 연필을 꽂은 채(나비들이 그런 상스러운 모습을 보았다면 좋아했을까?) 섬의 북쪽으로 가곤 했다. 그곳의 이탄지(泥炭地)는 에이다가 어린 시절을 보낸 러시아의 평원과 닮은 점이 있다. 산보가 기적을 만들어 내는 데에 장소가 어딘들 무슨 상관이 있으랴마는, 그래도 이왕이면 소설의 무대와 비슷한 곳을 걷는 것이 낫지 않겠는가.

어느 날 밤, 그는 인적 없는 들녘 한가운데서 옛날이야기에나 나올 법한 장면을 목격했다. 먼저 한 여인이, 아주 젊은 여인이 나타났다. 그녀는 갈 곳 몰라 하는 사람처럼 어딘가를 향해 타박타박 걷고 있었다. 금발을 뒤로 묶고 귀덮개가 달린 이상한 헝겊 모자를 쓴 모습이었다. 줄무늬 스웨터를 입고도 몸을 떨고 있었다. 그녀는 등대에서 신호탑까지 왔다 갔다 하며 어둠 속에서 맴돌았다. 풀밭을 질러가지 않고 돌아가는 걸 보면, 아주 넋이 나간 사람은 아니었다. 다리에 달라붙어 기독교인들의 이성을 빨아먹고 미치광이가 되게 만든다는 독초의 전설을 듣긴 들은 모양이었다. 그는 그녀를 알아보았다. 그녀는 결혼한 지 얼마 안 되는 새색시였다. 전달에 그녀는 사람들이 축하의 뜻으로 뿌려 주는 쌀알의 세례를 받으면서 교회당을 나온 바 있었다.

그런데 벌써부터 그녀는 결혼이라는 틀이 답답해서 맴돌이를 하고 있었던 것이다. 따지고 보면 결혼은 섬과 같은 것이다. 그것에서 벗어나기 위해서는 배가 필요하다.

두 개의 불빛이 나타났다. 두 실루엣이 흔들어 대는 손전등 불빛이었다. 두 실루엣의 주인공은 그 단속적인 걸음걸이와 둥그스름한 몸매로 보아 여자 노인들임을 금방 알 수 있었다. 안노인들은 줄무늬 스웨터를 입은 젊은 여자에게 다가가더니, 그녀의 두 어깨에 손을 하나씩 얹었다. 개 짖는 소리도 갈매기 울음소리도 들리지 않았다. 사방이 한껏 고즈넉했다. 아무런 말도 오가지 않았다. 세 사람은 곧 마을로 가는 길을 따라 늘어선 고사리 덤불 뒤로 모습을 감추었다.

번역가는 그날 밤 자기가 나서서 뭔가를 했어야 하는데 그러지 못했다고 스스로를 탓했다. 그러나 그가 가정의 법도에 맞서서 할 수 있는 일이 과연 있었을까?

18

나는 누구였기에 그런 비밀들을 다 알고 있는 것일까?

나는 아마추어 번역자들 중의 한 사람이었다. 사람들이 나를 그 일에 끌어들인 것은 어떤 한 분야에서 내가 아주 특별한 능력을 발휘하리라고 기대했기 때문이었다.

E 씨네는 우리들 사이에서 인망이 높은 가족 가운데 하나다. 재산이 많아서가 아니라, 섬과 인연을 맺은 지도 오래되고 바다와 관련된 일도 잘 알기 때문이다. 그 가족은 아이 보는 처녀들을 구해 오는 데에 남다른 재주가 있었다. 어디에서 누구를 통해 아가씨들을 구해 오는지에 대해 말을 삼가고 있었기 때문에, 그 비결은 아무도 몰랐다. 그냥 어느 날 아침 모래톱에 내려가 보면, E 씨네의 극성스러운 아이들을 즐겁게 해주려고 애쓰는 새로운 영국 아가씨가 기적처럼 거기에 와 있곤

했다. 그 가족의 선택은 한결같지 않았다. 살갗이 백옥처럼 하얀 아가씨가 있는가 하면, 올 때부터 벌써 살갗이 발그레하고 주근깨가 많은 아가씨도 있었다. 무릎을 붙이고 있어도 그 사이로 빛이 샐 만큼 허벅다리가 오목하고 다리가 한없이 긴 처자가 발탁되기도 했고, 땅딸보의 육덕, 살의 밀도, 통통한 장딴지의 매력이 선택되기도 했다. 가슴은 쭈그렁이인 경우도 있었고, 터질 듯이 탱탱한 경우도 있었다. 안색도 가지가지였다. 금방 쓰러질 것처럼 파리한 얼굴, 먹성 좋고 먹새 크고 욕심 많게 생긴 얼굴…….

해가 바뀌고 사람이 바뀔 때마다 나는 이번에 온 처녀가 마지막이겠거니 생각했다. E 씨네의 극성쟁이들도 자랄 만큼 자라서 더 이상 돌볼 사람을 필요로 하지 않게 되었기 때문이다. 그러던 차에, E 씨 내외가 내 소원을 들어주었다. 그들은 전해 가을부터 아이를 갖기 위한 방사를 다시 시작했다. 이듬해 6월쯤에 새로 아이가 태어나리라는 소식을 들었을 때, 나는 환호를 지르며 그 경사를 축하해 주었다. 그 집에 아이가 새로 태어난다는 것은 영국 처녀들의 샘이 그렇게 빨리 마르지는 않으리라는 것을 뜻했다.

생텍쥐페리 여사는 자기의 제안을 나에게 귀띔하기 위해서, 사람들이 가장 많이 모이는 시간과 장소, 곧 일요일 낮 12시 15분, 미사를 끝내고 나온 사람들이 빵과 과자를 사기 위해 줄을 서는 뒤브뢰유 빵집을 택했다. 그러잖아도 어색하고 쑥스러운 이야긴데, 장소까지 은밀하다 보면 도저히 견딜 수 없을 정도로 불편할 것 같아서 그랬는지도 모른다.

「에리크, 마침 잘 만났어요. 요즘에도 공부 열심히 하지요? 에리크의 취미에 관해서 얘기를 들었어요. 우리가 지금 하고 있는 일 중에서 한 부분을 맡아 주었으면 좋겠는데, 음…… 뭐랄까…… 좀 야한 대목들을 책임지고 해줄래요?」

그녀는 얼굴을 붉히며, 춤추듯이 한 발을 다른 발 위에 올리는 동작을 되풀이했다. 그러는 사이에 금발의 사내아이 하나가 집에서 주문한 애플파이 서른두 개를 찾으러 우리 앞으로 왔다.

「해주는 거죠? 그렇게 알겠어요. 야, 오늘 아주 큰 수확을 올렸네! 이 일에 딱 맞는 사람을 찾았으니. 사실, 우리 에이다의 젖가슴이 영국 여자들 거와 비슷하지 않아요?」

그러더니 그녀는 스스로의 뻔뻔함에 놀라서 복숭아

아몬드 크림파이를 사러 왔던 것도 잊고 도망치듯 빵집을 나갔다.

그렇게 해서 나는 우리 아마추어 번역자들의 대열에 합류하게 되었다. 스탕달의 알려지지 않은 사랑을 연구한다던 친구는 내가 맡은 부분을 대신하고 싶어서 몹시 샘을 부렸다. 그러나 나는 주드, 낸시, 프리실라, 버지니아 등, 내가 사귄 영국 여자들의 추억에 고무되어 그 일을 맡았고, 그토록 바람기 많은 에이다의 허벅지, 살갗, 연한 빛의 젖꼭지, 속이 비칠 듯한 관자놀이, 오목 패고 볼록 나온 모든 것, 눈에 보이거나 은밀하게 감추어진 온갖 체모를 우리 말의 그물로 포착해 보기로 했다.

19

한편, 우리가 그러고 있는 동안에도, 몽트뢰의 은자(隱者)는 우리 아마추어 번역자들과 전문 번역가들에게 다음과 같이 우아한 욕을 계속 퍼붓고 있었다.

What is translation? On a platter
A poet's pale and glaring head,
A parrot's screech, a monkey's chatter
And profanation of the dead.
(번역이란 무엇인가? 해쓱한 얼굴로 눈을 부릅뜬 채
고기 쟁반에 놓인 시인의 머리요,
앵무새의 새된 외침이며, 원숭이의 끽끽거림,
그리고 죽은 이에 대한 모독이다.)

20

갈수록 열의를 더해 가며 애쓰는 동안 바캉스가 끝났다. 하기 친목 스포츠 행사로 요트 경기가 열렸던 8월 15일에도 우리는 일을 중단하지 않았다. 물론 우리 중의 많은 사람이 그 경기에 참가했다. 수 세대 전부터 이어져 내려오는 관습이기 때문이었다. 그러나 우리 키잡이들은 짧고 불규칙한 물결이 요동치는 회항 지점에서 부표(浮標)보다는 에이다의 몸단장에 신경을 썼다(〈그녀는 머리를 묶어서 틀어 올리고 잠옷을 허리께로 말아 내린 채, 로코코 양식의 대(臺)에 박아 넣은 고풍스러운 세면기 위에서 얼굴과 팔을 문지르고 있었다〉). 그날은 돛과 키의 조작에서 초보자에게나 어울릴 만한 실수가 잇따랐다. 보통 때 같으면 우리처럼 수준 높은 항해가들로서는 — 요트 경기에 관한 한 우리는 겸손과는 거리가 멀다 — 생각조차 할 수 없을 만큼 한심한 조작들이 많았다. 심지어는 10년 전부터 우리의 모든 경기에서 우승을 도맡아 온 크리스티앙 S.라는 이조차 우리가 가장 조심해야 할 바람인 남서풍의 변덕에 휩쓸려 수모를 겪었다. 그 바람이 고르지 않다는 것을 누구보다 잘 아는 그였지만 어쩌다 바람받이에서 배가 한쪽으로 기우는 바람에, 창피하게도 요트 클럽의 부교를 가득 메운 군중이 보는 앞에서 돛을 뒤집어쓴 채 물속으로 벌렁 나자빠졌다.

그때까지 우리의 꿈을 전적으로 지배해 왔던 바다는 자기의 자리가 위태로워졌음을 깨달았다. 자기 아닌 어떤 자가 나타나서 우리를 매혹시키고 있다는 것을 안 것이다. 바다는 자기가 모욕당했다고 느꼈고, 그 모욕감은 이내 복수를 예고하는 분노로 변했다.

빈약한 박수 속에서 면장이 우승컵을 수여하기가 무섭게, 일진광풍이 불어와 이웃한 술집 〈포티니에르〉의 흰색과 적포도주색이 어우러진 파라솔들을 모두 뽑아 버렸다. 우리는 이미 집으로 돌아와 작업 탁자를 마주하고 있었으므로, 바다의 벌은 애먼 사람에게 떨어진 것이다.

8월이 끝나 가고 있었지만, 우리의 온갖 노력에도 불구하고 소설 속의 에이다는 이제 겨우 열다섯 번째 생

일을 넘겼을 뿐이었다. 더 구체적으로 말하자면, 우리가 앞으로 해석하고 옮겨야 할 것이 304페이지나 더 남아 있었고, 해마다 10여 건의 사건이 복잡하게 얽히고설키는 에이다의 인생 항로에도 55년에 걸친 긴 여정이 아직 남아 있었다.

21

바캉스 마지막 날 저녁, 우리가 섬을 떠나 뿔뿔이 흩어지기 바로 전에, 생텍쥐페리 여사는 생미셸 예배당이 높이 솟아 있는 해발 26미터의 언덕에 우리를 모두 불러 모았다. 그곳은 앞에서 보았다시피, 섬마을 선생님들이 섬의 지리와 바다에 관해서 수업하는 장소였다. 그녀의 꽃무늬 원피스가 바람에 펄럭였다. 경이감에 찬 그 앳된 목소리로 그녀가 아무리 목청을 돋워도, 말의 대부분은 우리의 고막에 이르지 못하고 갈매기들 쪽으로 날아가 버렸다. 우리가 알아들은 거라고는 번역가 질을 대신해서 — 그녀는 그에 대한 독점권을 확보했다 — 우리에게 감사한다는 것, 그리고 파리에 돌아가서도 싸움은 계속되어야 하며 그러기 위해 매주 금요일 저녁 8시에 오데옹 거리 8번지 그녀의 집에서 만나기로 하되, 모임에 나올 때는 적이든 백이든 포도주를 가져오면 고맙겠다는 것이 전부였다.

그녀가 입을 다물었다.

우리는 고개를 바로 하고 눈을 들어 그녀를 바라보았다. 20세기여, 안녕! 우리는 시간을 거슬러 멀리, 아주 멀리 올라가 있었다. 십자가에 등을 기댄 채 석양의 설핏한 잔광을 받으며 생텍쥐페리 여사는 자기의 십자군을 상대로 설교하고 있었다.

그 이튿날 대륙에 건너가니, 한 내외가 우리를 기다리고 있었다. 흥분된 기색을 감추지 못하는 갈색 머리 여자와 키 크고 머리 벗겨진 것이 스페인 화가 엘 그레코의 자화상을 연상시키는 남자였다. 우리가 섬에 가지고 들어갔다 다시 들고 나온 잡동사니들을 자동차 트렁크에 욱여넣고 있는 동안, 두 사람은 아무 말 없이 주차장 이쪽 끝에서 저쪽 끝까지 왔다 갔다 하며 우리 주위를 빙빙 돌았다. 우리는 옆에 있던 여관 주인에게 물어 그들이 누구인지를 알아보았다.

「P 읍에서 서점을 하는 내윕니다. 저들은 자기네 서점에 그렇게 많은 영불 사전을 한꺼번에 주문한 여러분이 도대체 어떻게 생긴 사람들인지, 또 무슨 곡절이 있어서 그랬는지를 알고 싶어 하는 거예요. 그도 그럴 것이, 그 서점이 문을 연 이래로 올여름처럼 판매액이 많았던 적이 없었다지 뭡니까! 여러분 덕에 곧 아동 도서 매장을 따로 낼 수 있게 되었다는군요.」

22

겨울이 되면, 섬에는 오로지 잿빛만이 존재한다.

번역가는 물로 둘러싸인 그 소왕국을 온종일 시름없이 바라보며 지낼 때가 많았다. 스스로 그곳을 선택해서 삶의 터전으로 삼기는 했지만, 상식의 소리에 귀를 기울일 때마다 회의적인 생각이 마음을 파고들었다. 내가 도대체 여기서 뭘 하고 있는 거지? 어쩌다 이 뭍의 파편에 들어와 스스로를 가두어 버린 것일까?

그 대답 가운데 하나는 아마도 오스트리아 작가 슈테판 츠바이크의 회상록 『어제의 세계: 한 유럽인의 회상』에서 찾을 수 있을 것이었다. 우리 번역가는 그 책을 눈물까지 흘려 가며 아주 감명 깊게 읽은 바 있었다. 1914년 이전의 유럽은 문화와 지성, 국경을 초월한 우정, 창조성으로 가득 찬 경이로운 세계였다. 그런데, 유럽인들은 그 세계를 스스로 파괴해 버렸다. 도대체 그들은 무슨 광기에 들렸던 것일까? 그런 자살 행위를 어떻게 설명할 수 있을까?

슈테판 츠바이크는 독일의 한 출판사에 관한 이야기를 들려주고 있다. 알프레트 발터 하이멜은 부유한 아마추어 시인이었다. 금세기 초에, 그는 경주마 소유주 노릇을 그만두고 출판 사업을 하기로 결심했다. 독자가 얼마나 되든 그들과 타협하지 않고 오로지 예술의 경지에 오른 책들만 출판하리라, 그리고 오자 하나 없이 아주 정성스럽게 만들어진 책들만을 내리라는 것이 그의 포부였다.

츠바이크에 따르면, 알프레트 발터 하이멜은 〈고독 속에 머물겠다는 초연한 의지를 담아〉 자기 출판사를 *Die Insel*, 곧 〈섬〉이라고 명명했다. 그가 〈섬〉에 맞아들인 작가로는 호프만슈탈과 릴케가 있었다. 츠바이크의 초기 작품도 환영을 받았다. 당시 츠바이크는 스물여섯 살이었다.

그로부터 35년 뒤, 츠바이크는 〈섬〉을 회상하며 고즈넉하고 슬픈 감상에 젖는다. 그는 유럽을 떠나 브라질에서 살고 있다. 유럽을 떠나면서 미워하는 마음도 버렸다. 그는 결심했다. 『어제의 세계』를 끝내는 날, 스스로 목숨을 끊으리라고.

23

바닷물이 273차례 밀려 들어왔다 나갔고, 평범한 포도주 키라비(벨벳처럼 부드러워 위장에 좋다는)가 일요일마다 고급 보르도(부르주아의 포도주)로 대체되었다. 번역가의 삶에 리듬을 주고 시간의 흐름에 규칙적인 매듭을 짓는 것은 그런 것들밖에 없었다.

그렇다고 그가 일을 규칙적으로 하지 않은 건 아니었다. 그의 끈질긴 노력은 오히려 칭찬받아 마땅했다. 다만, 그 노력에도 불구하고 작업에 이렇다 할 진전이 없다는 것이 문제였다. 예를 들어, 그는 까다롭기로 정평이 난 제39장을 열 번이나 뜯어고쳤다. 시작은 그런대로 순조로웠다. 〈1888년 라호르의 유행은 상당히 절충적이기는 했지만, 아디스 저택 사람들이 생각했던 것보다는 그다지 문란하지 않았다〉. 그러나 〈자기의 열여섯 번째 생일을 축하하기 위해 열리는 야유회에 맞추어……〉로 시작하는 두 번째 문장부터 그는 더 이상 한 발짝도 나아갈 수 없었다. 무겁고 답답한 말들 속에서 나보코프의 음악이 자취를 감추어 갔다. 일을 하면 할수록, 그는 〈나비처럼 날리라〉던 목표에서 점점 멀어졌고, 하이데거풍의 납처럼 무거운 산문 속으로 빠져들었다.

여름에는 마치 눈에 보이지 않는 입이 은은한 향내를 풍기며 문장을 불러 주기라도 하듯, 몇 페이지를 막힘없이 해치울 때가 많았다. 그런데 겨울에는 왜 이렇게 일이 안 되는 걸까? 그 수수께끼를 풀어 보려고 그는 브르타뉴식 천개(天蓋)가 붙은 침대에서 며칠 밤을 뒤척이며 잠들지 못했다. 이것저것 곰곰이 따져 보았지만, 나비들 때문이라는 것 말고는 합리적인 설명을 찾을 수 없었다. 나비들이 기후 때문에 프랑스에서 활동할 수 없거나 번데기 상태로 웅크리고 있는 한, 나보코프를 번역하기란 불가능하다. 그 가정은 4월 말, 5월 초가 되자 저절로 입증되었다. 기기묘묘한 빛깔의 나비들이 허공에 알록달록한 무늬를 수놓고 있었다. 파르나시우스, 이소리아, 피에리스, 폴리오마투스, 지가이나…… 그 감미로운 라틴어 이름들은 로마 신학생들이 테베레 강가의 나무숲에서 저녁마다 나누는 대화를 생각나게 했다. 그렇게 나비들이 다시 나타나자마자, 막혀 있던 그 야유회 이야기가 다시 술술 풀려 나갔다. 〈에이다는 수수한 리넨 블라우스에 연노랑 바지를 입고, 뒤꿈치가 구겨진 간편한 단화를 신고 있었다.〉

나비와 그의 일 사이에 인과 관계가 존재한다는 것은 분명했다. 그러나 출판사 사람들은 그런 것에는 전혀 아랑곳하지 않았다. 그들이 보기에 그 인과 관계는 존재 여부를 가리기가 너무나 미묘했다. 그들은 원고를 원하고 있었다. 마침내 자기네 저자에게 노벨상이 수여될, 임박한 그날을 위해 원고를 받아 내야 했다. 전해 10월, 스웨덴 아카데미는 다행히 패트릭 화이트를 수상자로 선정한 바 있었다. 그러나 아르템 파야르는 편지를 보낼 때마다 〈이 예상 밖의 유예가 부진에 빠져드는 구실이 될 수는 없다〉고 되풀이했다.

우리 번역가는 그런 경고들을 무시했다. 우체부를 기쁘게 해줄 양으로, 그는 이제 파리에서 온 우편물을 뜯어보고 있었다. 그러나 처음 한두 구절을 일별해 보고 출판사의 성급함이 드러난다 싶으면, 더 읽지 않고 편지를 봉투에 도로 넣어 버렸다. 그 편지들은 가사에 여러 가지로 쓸모가 있었다. 침대 다리 밑에 끼우는 쐐기가 되기도 했고, 기름때 덕지덕지한 자전거 양냥이줄을 집을 때 손을 더럽히지 않게 해주었으며, 지붕의 구멍을 메울 때도 십상 좋았다.

그렇게 편지의 용도가 바뀌는 것을 볼 때마다 우체부는 찬탄과 걱정이 반반씩 섞인 기색으로 이렇게 말했다. 「파리 사람들이 그렇게 겁을 주는데도 선생님은 눈 하나 깜짝하지 않으시는군요!」

24

좋은 소식, 지도에서 섬의 존재 확인 **스톱** 귀하의 침묵 때문에 섬의 존재를 의심하던 차였음 **스톱** 나쁜 소식, 내일 귀하에게 사람 보내겠음 **스톱** 교통편 시간표가 믿을 만하다면 **스톱** 7월 10일 오후 2시 도착 예정 **스톱** 해명 준비 바람. 건승을 기원하며. 아르템 파야르.

누구나 알다시피, 전보에는 일장일단이 있다. 빨라서 얻는 게 있다면, 비밀이 누설되어 잃는 것도 있다. 전보를 보내고 받는 양쪽 우체국의 두 직원은 어쩔 수 없이 그 비밀의 공모자가 되어야 한다. 그러나 어떻게 전보 용지를 읽은 눈과 전신기를 두드린 손가락들 속에 비밀을 가두어 둘 수 있겠는가? 비밀이 제 본성을 좇겠다는데, 그 어떤 법규가 그것을 막을 수 있으랴. 그렇듯 위의 비밀은 시신경을 타고 올라갔다가 목구멍으로 슬며시 들어가더니, 혀를 따라 새어 나와 가장 친한 여자 친구의 게걸들린 귀로 들어갔다. 다른 사람에게 이야기하지 않는다는 조건으로 비밀을 알게 된 그 친구 역시 같은 약속을 받아 내고 다른 사람 귀에 비밀을 흘렸다……. 결국 우체국 여직원 테레즈를 통해서 — 그녀에게 축복이 있기를! — 그 불안한 통고를 온 섬에서 다 알게 되었다.

처음에 그 파란 쪽지는 사람들의 비웃음을 자아냈다. 섬사람들은 뭍과 격리되어 있음을 자랑스러워했고, 누아르무티에섬처럼 다리(아직 완공된 건 아니지만)라는 야비한 수단으로 육지에 빌붙는 가짜 섬들을 경멸했다. 만일 섬사람들이 그런 전보를 받았다면, 그들은 어디 올 테면 와보라 하고, 까탈이 더욱 많이 생기는 쪽으로 여정을 일러 주었을 것이고, 기차에서 버스를 거쳐 배로 갈아타고 오는 과정을 한결 복잡하게 알려 주었을 것이다. 어쨌거나 사람들은 파리의 특사가 겪을 고생을 생각하며 벌써부터 즐거워하고 있었다. 기차를 타고 근처의 가장 큰 도시로 오는 데만 일곱 시간, 그러고 나면 G 역의 바람 부는 플랫폼에서 — 대합실은 공사 때문에 아주 오래전부터 닫혀 있으므로 —

70분 동안 제자리걸음을 치며 기다려야 한다.

그 정도를 가지고는 고생이랄 것도 없다. 진짜 수난은 이제부터 시작이다. 그는 맥주통에 10년 동안 담갔다 꺼낸 파이프의 밑바닥처럼 지린내와 담배 냄새가 진동하는 궤도차(이건 과장이 아니다. 미슐린 궤도차에서는 정말 그렇게 악취가 난다)에 올라타서, 한 시간 동안 크림 분리기에 들어간 우유처럼 흔들려야 한다. 그 고문이 끝나고 나면, P 읍의 한 카페에 들어가 빨간색과 검은색이 칠해진 시외버스를 기다려야 한다. 이윽고 버스가 도착하지만, 버스에는 사람만 타는 게 아니다. 닭, 오리 따위의 가금들은 물론 무덤 앞에 흔히 놓이는 제라늄 화분들이며 수세식 변소의 변좌 두 개, 잼통(사과·까치밥나무 열매 잼)을 담은 종이 상자 다섯 개, 잔디 깎는 기계, 3마력짜리 시걸 모터, 거기에다 탁구대(이렇게 부피가 큰 것은 지붕 위로 끌어 올린다)까지 실어야 한다. 버스는 열한 군데에서 정차한다. 국제 호텔 학교, 로기비 길, 지켈 정비소, 플루바즐라네크 읍내 따위를 거쳐 마침내 부두에 닿으면, 연락선은 늘 그렇듯이 버스를 기다리지 않고 떠나 버렸을 것이고 부두는 텅 비어 있기가 십상이다. 멀리 파도를 헤치며 힘차게 나아가는 연락선이 보인다. 불운한 나그네는 삼색기를 펄럭이며 멀어져 가는 그 배의 하얀 꽁무니를 하염없이 바라볼 뿐이다.

섬사람들은 출판사 사람들에 대해서는 별로 아는 바가 없었지만, 파리 사람들이 약골이라는 것은 잘 알고 있었다. 그런 냉대를 받고도 애초의 투지를 온전히 간직한 채 섬에 들어올 자 누가 있으랴? 게다가 섬사람들은 파리 주민들 중에서도 지식인들이 가장 허약하다고 굳게 믿고 있었다. 그렇다고 적을 과소평가해서는 안 될 일이었다(〈대륙〉의 프랑스인들 중에는 더러 가죽처럼 끈질긴 자도 있었다. 누구보다 그 점을 잘 아는 사람이 잡화점 겸 철물점 주인이었다. 대륙에는 그의 가게로 줄기차게 계산서를 보내오는 자들이 있었다. 그런다고 지불되지 않을 돈이 지불되는 것도 아닌데, 계산서 찍느라고 종이를 허비하지 말고 그것으로 책을 만들면 전국 실업인 연감 한 권쯤은 족히 인쇄할 수 있을 거라는 게 그의 생각이었다).

겨울은 우리 아마추어 번역자들에게도 그다지 생산적인 계절이 아니었음을 고백하지 않을 수 없다. 부끄럽게도 우리는 파리의 일상에 젖어 에이다를 다소간 잊고 지냈다. 그러나 말괄량이 에이다는 제힘을 믿고 조용히 우리를 기다리고 있었다. 우리가 피곤에 찌든 도시인의 창백한 얼굴로 섬에 돌아와 엄청난 잡동사니를 배에서 부려 내는 걸 보고 그녀는 적잖이 재미있어 했으리라. 에이다는 첫날 밤부터 우리 꿈속에 다시 자리를 잡았다. 전해보다 더욱 노출이 심해진 모습으로. 우리는 단 하루의 휴식도 없이 곧바로 만년필과 사전을 다시 잡았다. 전투가 재개되었다. 공식적인 건 아니었지만 위원회도 하나 결성되었다. 위원회는 해양 엘리트들의 카페인 〈파란 엉겅퀴〉에서 모임을 갖고 차후의 전략을 숙의했다. 파리에서 파견한 특사를 맞아들일 것인가, 아니면 집도 못 찾고 헤매다가(섬에는 번지수가 없다. 기껏해야 〈코르드리만(灣)〉, 〈등대 마을〉, 〈북쪽 물레방아〉 같은 모호한 지시가 있을 뿐이다) 그냥 돌아가게 할 것인가?

「그 사람들 성격으로 보아 이번에 못 찾으면 다음에 또 올 거예요. 그건 화를 더 돋우는 것밖에 안 돼요.」 생텍쥐페리 부인의 의견이었다.

모두가 그녀의 말이 옳다고 했다. 우체부가 마중을 나가기로 했다.

「그런데 자네 말이야, 부두에 내린 많은 사람들 속에서 그 사람을 어떻게 알아보지?」

「다 아는 수가 있지!」

우체부는 자기 직업에 대해 오만한 생각을 품고 있었다. 「우리는 사람과 사람을 서로 이어 주는 실들을 모아 그것을 타래째 가방에 넣어 가지고 다니지. 겉봉의 글씨가 아무리 괴발개발이어도 매일 아무 실수 없이 편지를 배달하는 나야. 그런 내가 아무리 사람을 잘못 보기로서니, 그래, 관광객들 무리에서 번역가들 잡는 망나니 하나를 제대로 식별해 내지 못할까 봐?」

25

우체부가 말한 그 망나니는 파리와 브레스트 간 급행열차에 긴 다리 쉬일 자리를 그럭저럭 마련해 놓고 앉아 자기 삶에 대해서 생각하고 있었다.

생각을 좇느라 더플코트 벗는 것도 잊은 채였다.

한때는 그의 직업이 곧 취미이자 가장 좋아하는 구경거리이며 무궁한 호기심의 대상이자 황홀경의 원천이었던 적도 있었다. 일이 그렇게 흥미진진하다 보니, 여타의 소일거리는 그저 시들하게만 보였다. 영화도 텔레비전도 온갖 형태의 사랑마저도…….

그렇게 굉장하던 삶이 몇 달 전부터 뜻밖의 굴곡을 맞고 있었다. 오랫동안 아무리 궁굴려 생각해 보아도, 편집자로서 자기가 갈 길은 작은 우체통의 운명과 별로 다를 게 없는 것 같았다. 아침부터 저녁까지 남이 쑤셔 넣는 문서를 담고 있다가 수시로 토해 내는 것이 그의 일이었다. 생각 끝에, 그는 무자비한 빚 추심꾼으로 이렇게 변신한 것이다. 그는 약속한 원고를 제때에 보내지 않는 느림보들에게서 글 빚을 뜯어내기 위해 프랑스와 유럽을 누비고 다녔다. 그 느림보들은 사회에서 하나의 독특한 종족을 구성하고 있었다. 자기네 관습을 지켜 나가는 데에 유난히 고집스럽고, 지체(遲滯)를 해명함에 있어 언제나 그럴싸한 핑계를 지어내는 지략이 뛰어난 집단이었다.

「수첩에 꼬박꼬박 적어 두어야겠어. 나중에 변명 편지들을 모아 서한집을 만들 수 있도록 말이야.」 편집자는 그렇게 혼자 중얼거렸다.

이제껏 받아 본 편지들만 보더라도, 그 글 빚꾸러기들에겐 사연도 많고 곡절도 많았다. 우선 어머니, 아버지, 또는 자기를 키워 주신 삼촌이 돌아가셔서 그 가눌 길 없는 슬픔 때문에 도저히 집필할 수 없었노라고 주장하는 편지가 허다했다. 한번은 어떤 저자의 죽었다던 아내가 몇 달 후에 다시 살아난 적도 있었다. 병이 나서, 다쳐서 일을 할 수 없게 되었다는 핑계도 흔했다. 아, 거북을 탄 늘보 작가들, 공교롭게도 글씨를 쓰려고만 하면 손이 떨리거나 경련이 일어 글을 쓸 수 없게 된다는 그 서경(書痙)이라는 병이 도와주지 않는다면 어디에서 핑곗거리를 찾을는지? 무장 강도가 들었다고 변명하는 경우도 더러 있었다. 금시초문으로 들릴지 모르지만, 그들의 주장에 따르면, 그 강도들은 전문적인 수집가나 다름없다. 그들이 집을 터는 목적은 오로지 집필 중인 원고를 빼앗아 가는 데에 있다. 그것이야말로 아직 아무도 소장하지 않은 진품 중의 진품이기 때문이다. 그 밖의 것들, 예컨대 보석, 텔레비전, 라디오, 현금, 수표 등을 가져가는 것은 단지 범행의 자취를 흐리려는 수법일 뿐이다……. 장루이라고 하는 사람의 핑계도 일품이었다. 그는 웃음기 하나 머금지 않은 태연한 표정으로 이렇게 말했다. 웬 암소가(그래, 분명히 젖통이 달린 소라 했다) 한 부밖에 없는 원본을 가로채어 씹어 먹고 새김질까지 하더라고. 원, 세상에, 염소라면 또 몰라도 암소가 종이를 그렇게 좋아하다니…….

편집자는 번역가 질의 최근 편지를 떠올렸다. 그 또한 걸작이었다. 청동에 새기고 느림보들을 위한 통곡의 벽에 찍어 둘 만한 글이었다.

귀사에서는 1월 5일을 제 원고의 마감 날짜로 정한 바 있습니다. 연도가 올해로 명시된 적은 없지만, 저는 기한이 지난 것으로 간주할 생각입니다. 아마

그러는 편이 더 낫지 않을까 싶습니다…….

물과 고양이들에 둘러싸여 산다는 그 전직 피아니스트, 그가 이번엔 무슨 핑곗거리를 마련해 놓고 있을까?

26

그들은 나란히 걷고 있었다. 둘 다 걸음이 잿다. 우체부가 망나니라 부른 그 편집자는 먼 길에 지치고 시달린 사람처럼 보이지 않았다. 그렇기는커녕 운동선수처럼 씩씩해 보이기만 했다. 그는 별로 애쓰는 기색도 없이 섬의 장애물들을 넘고 있었다. 섬에서 가장 높은 두 봉우리, 곧 해발 26미터 높이에 자리한 생미셸 예배당과 32미터 높이에 있는 신호탑조차 불평 한마디 없이 오르내렸다. 그는 적자색 손가방을 들고 있었다. 그가 신고 있는 것은 티베트를 걸어서 여행하고 싶어 하는 사람들이 소르본 대학 근처에서 구입하는 바로 그 밑창 두툼한 신발이었다. 아무래도 편집자들에 대한 우리의 선입견을 바로잡아야 할 듯했다. 그들이라고 모두 책상 앞에 앉아 있기만 좋아하는 것은 아니며, 개중에는 배뚱뚱이나 심장병 환자 아닌 사람도 있는 모양이었다. 또 그처럼 번역서를 맡고 있는 사람이라면 여러 나라를 주유하는 것은 아닐지라도 여러 언어를 자유롭게 넘나들고 있을 것 같았다.

전화를 이용해서, 우리는 그들이 어디쯤 오고 있는지를 훤히 알고 있었다. 이 집에서 저 집으로 잇달아 전화를 걸어, 〈조심하세요, 그들이 와요. 곧 케랑루 샛길에 닿을 거예요. 지금 케라르퀼리스를 벗어나고 있어요〉 하는 식으로 그들의 가는 길을 알려 주고 있었기 때문이다. 그건 프랑스 일주 사이클 경기 중계방송, 그중에서도 선두 주자를 뒤쫓는 생생한 실황 중계를 방불케 했다.

두 사람은 걸어가면서 계속 이야기를 나누었다. 그것은 우리 모두가 증언할 수 있는 사실이다. 부두에서 번역가의 집까지, 그들은 섬의 명승과 명물에 관한 이야기를 곁들여 가며 쉴 새 없이 수다를 늘어놓았다. 더 정확히 말하면, 한 사람은 열심히 지껄였고 다른 사람은 주로 고개를 주억거렸다 — 전자는 물론 우체부였다.

나중에 그 소동을 돌이켜 보면서, 우리는 저마다 최선을 다했는지, 또 모든 걸 달라지게 만들었을지도 모르는 어떤 일을 빠뜨리지는 않았는지 스스로 물어보았다. 그러자, 다른 누구보다 우체부가 행한 역할이 궁금

해졌다. 그는 파리 사람에게 무슨 얘기를 그렇게 많이 했을까? 그가 혹시 우리를 배신했던 것은 아닐까?

그의 대답은 한결같았다.

「슬슬 구슬려 비위를 맞추라고 해서, 그렇게 한 것뿐일세.」

오늘날까지도 그 의혹은 여전히 가시지 않고 있다. 나를 포함한 몇몇 사람들은 이렇게 믿고 있다. 우체부는 그 기회를 놓치지 않고 편집자에게 자기 자랑을 늘어놓았으며, 「섬의 수도사들(6~12세기)」과 「난파선 약탈자들에 관한 진실」이라는 두 연구 논문 가운데 하나를 그에게 주면서 출간을 부탁했다고.

각설하고, 번역가의 집에서 기다리고 있던 우리의 시야에 마침내 두 사람이 나타났다. 회향풀 길게 늘어선 출입로 어귀로 그들이 들어서고 있었다.

번역가는 〈에이다 작전〉의 연합군인 우리 모두를 편집자에게 소개하고 싶어 했고, 소개할 동안만이라도 우리가 자기 곁에 있어 주기를 바랐다.

「이런 얘기 하면 다들 웃을지 모르지만, 파리 사람들도 알 건 알아야 해요. 내가 저희 멋대로 으깨어 버릴 수 있는 고독한 빈대가 아니라는 걸 말입니다!」

그는 손가락이 하얘지도록 오른 주먹을 꼭 쥐고 있

었다.

우리 중에 생텍쥐페리 가문 사람이 있다는 것도 그의 마음을 든든하게 하는 데 한몫했을 것이다. 그는 짐짓 예사롭게 그 이름을 소개함으로써 덕을 보게 되리라는 것을 염두에 두고 있었을 것이다.

미리 약정한 대로, 우리는 손에 잔뜩 힘을 주어 악수를 하고, 되도록 강한 경고(우리 친구 건드리지 마!)의 뜻이 담긴 눈길을 그 망나니에게 보냈다. 그는 아주 젊은 사람이었다. 갈색 머리에 몸은 호리호리하고 해쓱한 얼굴에 아랫입술이 두툼했다. 어떻게 보면 학생처럼 보이기도 하는데, 오늘날의 학생이라기보다는 지난 세기에 러시아 상트페테르부르크의 어떤 귀족 집에서 음악 가정 교사를 하던 스위스나 영국의 젊은이가 현대로 곧장 걸어 나온 듯한 모습이었다. 우리는 수인사를 끝내고 바로 물러났다.

「됐어.」 번역가는 그렇게 입속말을 하더니, 왼쪽 주먹으로 오른쪽 손바닥을 두드리며, 〈됐어〉를 되뇌었다.

곧 거래의 냉혹한 현실과 맞서야 할 참이었다. 그러나 우리가 그를 홀로 두고 나온 건 아니었다. 다른 두 호위대, 곧 고양이 부대와 나비 부대가 자리를 지키고 있었다. 고양이들은 땅바닥의 전략적 요충지나 무화과

나무 위로 산개해 두 사람의 동정을 살폈다. 때마침 마파람이 불어와 고양이들의 천 년 묵은 듯한 오줌 냄새를 바다 쪽으로 실어 가고 있었다. 한편, 나비들도 저희 깜냥대로 은근한 작전을 펼쳤다. 그것은 살날이 얼마 남지 않은 자들만이 보일 수 있는 우아한 협박 같은 것이었다. 어쨌거나 그때만큼은 우리도 나비들을 신뢰하고 있었다.

망나니라는 별명이 붙은 젊은 편집자가 먼저 허두를 뗐다. 「저는 선생님의 적이 아닙니다. 우리 사장님도 그렇고요. 하지만, 아시다시피…….」

그의 태도는 침착했고 목소리는 부드러웠다.

「……우리 직업상 책들을 시간의 늪에서 건져 내지 않으면 안 됩니다. 시간, 아니 그보다 영원이라고 하는 편이 낫겠습니다. 그 영원이라고 하는 집에는 너무 많은 책들이 갇혀 있습니다. 위대한 소설을 향한 꿈, 완벽한 번역에 대한 동경, 요컨대 현실의 옷을 입지 않은 구상들은 그 집이 너무 편하기 때문에 밖으로 나올 생각을 안 합니다. 우리는 바로 그 안락한 주거에서 그것들을 끌어내어, 새로운 자리를 마련해 줍니다. 현실의 공간 속에…….」

정작 해야 할 말을 꺼낼 때가 되자, 그는 사과라도 하듯이 죄송스럽다는 표정을 지으며 싱긋 웃었다.

「……예를 들어 서점 진열대 같은 곳에 말입니다.」

질은 딴청을 부리듯이, 등을 돌린 채 차를 준비하고 있었다. 홍차를 달이는 것은 밤낮을 가리지 않고 그의 집에 손님이 있을 때면 언제라도 행해질 수 있는 의식이었다. 그는 자기 세계에 남이 침입해 오는 경우가 생기면, 침입에 앞서서든 나중에든 그 동안에든 어김없이 그 의식을 벌였다. 내가 생각하기에, 홍차는 그 불그레한 색조와 따스한 기운과 은근한 향기로 틈입자들과 꿋꿋하게 맞설 수 있는 용기를 그에게 주었던 것 같다. 쿠프랭의 음악이 떠나고 없는 빈자리에 홍차가 대신 들어서서, 가볍고도 단단한 갑옷 투구 노릇을 해주고 싶었던 셈이다.

젊은 편집자의 말이 이치에 닿는다 싶어, 그는 마음을 차분하게 먹고 다시 돌아서서 손에게 먼저 자리를 권하고 자기도 뒤따라 앉았다. 두 사람을 갈라놓고 있는 둥근 돌 탁자 위로 아카시아 한 그루가 그늘을 드리우고 있었다. 고양이들은 두 사람 사이에 긴장이 느즈러지고 있음을 확인하고 적의를 거두었다. 결국, 싸움이 벌어지리라는 예상을 뒤엎고, 그들은 책을 아끼고 사랑하는 사람들답게 문화와 장사 — 여기서 문화라 함은 양심적인 작업에 필요한 기간을, 장사라 함은 그들의 저자가 노벨 문학상을 받게 될 경우를 가정한 작업 일정을 말한다 — 를 양립시킬 수 있는 방법을 함께 강구하기로 한 거였다.

편집자가 말을 이었다. 「우리로서는 9월 1일을 넘길 수 없습니다.」

번역가의 얼굴에 낭패의 빛이 스치고 지나갔다. 「금년 9월 1일 말입니까?」

현실을 인정하지 않으려고 마지막 안간힘을 쓰며 그렇게 물었지만, 편집자는 대꾸조차 하지 않았다.

「그럼, 동의하신 걸로 알겠습니다. 그 밖에 더 말씀드릴 게 있다면…… 나보코프가 보내오는 그 욕설에 관한 얘긴데요. 선생님께서도 우리처럼 주마다 편지를 받고 계신 걸로 알고 있는데…….」

「그 작자, 친절하고는 아예 담쌓고 사는 사람 같습디다!」

「제가 본보기로 하나 볼 수 있을까요?」

번역가는 자리에서 일어나 부엌으로 가더니, 찬장 서랍에서 기름 묻은 종이를 한 묶음 꺼내 가지고 돌아왔다. 그의 낭독이 시작되었다.

「7월 23일. 〈엄청난 오역들과 당치도 않은 기교주의…… 영어에 대한 불충분한 지식의 소치…….〉 11월 30일. 〈페이지마다 뜻을 잘못 새긴 부분이 있음……. 시에 재주가 없다기로서니 이렇게 가관일 수가…….〉 계속 읽을까요?」

편집자는 빙긋 웃었다.

「그걸 다 고려에 넣으시면 안 됩니다. 성미가 워낙 꺼슬꺼슬한 양반인걸요. 아마 망명 생활을 오래한 탓일 거예요. 그래도 그 양반, 선생님의 작업은 높이 평가하고 있어요. 선생님 모르게 우리에게만 여러 번 그런 사실을 알려 주었어요. 정말이에요. 자, 그럼, 모든 게 다 된 거죠?」

편집자가 일어섰다.

「오늘 밤 안 묵고 가요?」

번역가는 진심으로 아쉬워하는 것 같았다. 혹시 그는 손님을 며칠 붙잡아 두고 자기 곁에서 일을 거들게 할 생각까지 했던 것은 아닐까?

「묵고 가고는 싶지만 애석하게도 그럴 수가 없습니다. 선생님 말고도 찾아가야 할 분이 많아요. 7월 14일 전에 시간의 늪에서 건져 내야 할 원고가 네 뭉치나 더 있어요. 다음에 만나러 갈 분은 클레르몽페랑의 고지에 사십니다. 기차를 어떻게 타고 갈지, 기차에서 내리면 무엇으로 어떻게 갈아타고 갈지, 생각할 엄두조차 안 나요…….」

그들은 악수를 하고 헤어졌다. 편집자가 채소밭을 따라 난 작은 길로 접어들자, 섬의 사료 편찬자인 우체부가 이내 그를 따라잡았다.

번역가는 아카시아 아래에 서서 중얼거렸다. 「여름 한 철에 이걸 다 끝내라고? 안 될 것 같아, 도저히 안 돼, 도저히. 저 젊은이는 마음에 쏙 들지만, 파리 사람들은 시간에 대한 관념을 완전히 상실해 버렸어.」 감색 빵모자를 쓴 그의 머리 주위에서 나비들이 춤추고 있었지만, 그는 그저 무관심한 표정으로 먼 산만 바라보고 있었다.

27

명석하고 부지런한 본당 신부! 그는 빛 좋은 개살구일지도 모르는 자기의 성공에 결코 속지 않았다. 주일 10시 미사에 많은 사람들이 모이고 있었지만, 신부는 알고 있었다. 그들의 목적이 신앙에 있지 않다는 것을. 많은 가족들은 신자석에 줄줄이 앉은 다른 가족들을 살피는 재미로 미사에 나온다. 만면에 웃음을 띠고 유난히 느리고 정중하게 인사를 나누는 가운데, 그들은 모씨(某氏)의 암이 어떻게 경과했는지, 아무개네 부부 사이가 얼마나 더 나빠졌는지 따위를 열심히 가늠한다. 청년들은 새로 얻어들은 어떤 정보 때문에 고심하고 있다. 그 정보에 따르면, 여자가 숫처녀인지 아닌지를 알려면 발목의 생김새(발목이 가늘면 가늘수록 처녀성을 잃었기 십상이다)를 보면 알 수 있다고 한다. 그래서 그들은 기도대의 무릎 받침에 가지런히 놓인

맨다리들에서 눈을 떼지 않는다. 분명해, 저 뚱뚱한 금발 애는 이미 경험이 있어. 그렇다면, 나하고도 자줄지 모르잖아? 한편, 아이들은 미사가 그저 따분할 뿐이다. 더러는 견디다 못해 쓰러지기까지 한다. 그러면 어른들은 찬바람을 쏘이려고 아이를 해변 묘지로 데리고 나간다. 바람 쐬러 나가는 아이를 못내 부러워하던 동무는 그 일을 잊지 않고 있다가 그다음 주일엔 자기가 쓰러진다.

〈이테 미사 에스트〉[9]가 선언되었다. 전직 우체국 직원이며 팔심 좋고 코밑 솜털까지 거무스레한 여자가 두 짝 여닫이문을 열어젖히고, 밧줄을 잡아당겨 종을 울렸다. 사람들은 성당 현관에 서서 오랫동안 수다를 늘어놓는다. 그러는 사이, 현관에 남아 있던 향내는 차츰 스러지고, 그 대신 인동초 향기가 점점 퍼져 나간다. 성당 벽에는 바다에서 죽은 사람들의 이름을 적은 대리석판들이 붙어 있다. 바다의 비극을 상기시키는 그 이름들은 바다를 향한 우리의 열정을 더욱 자극하고, 우리의 요트 경기에 활력을 불어넣는다. 뒤브뢰유 빵집에 복숭아 아몬드 크림파이를 주문해 두지 않은 사람들이 가장 먼저 성당을 나선다.

9 *Ite missa est.* 〈가십시오, 미사가 끝났습니다〉라는 뜻의 라틴어.

저마다의 근심거리와 관심거리에 마음을 팔고 있는 사람들, 너무도 인간적인 그 근심사, 관심사에는 하느님이 끼어들 자리가 없다. 가엾은 하느님!

본당 신부는 주님이 우리들 속으로 위풍당당하게 돌아오시도록 하리라는 야망을 포기한 적이 없었다. 그는 우리 마음에 신앙의 열기를 불어넣기 위해 동분서주했다. 틈만 나면 가가호호를 방문했고, 무슨 행사가 있거나 새로 벌이는 어떤 활동이 있을 때마다 후원자로 나섰다. 그러나 그의 신앙 캠페인은 주로 역사 연구 쪽에서 펼쳐졌다. 그는 『가마우지』라는 본당 간행물에 글을 실어, 지나간 시대의 모범을 상기시키고 우리의 반성을 촉구했다. 매회의 기사에서 그는 단아하고 정확하며 강경한 필치로 이런 논조의 설득을 되풀이했다.

1. 혹자는 잘 알지도 못하면서 중세 초기를 〈야만〉의 시대로 규정한다. 그 중세 초기에 해당하는 5세기부터 우리 고장에는 비범한 사람들이 살고 있었다. 그들은 온갖 위험을 무릅쓰며 아일랜드와 잉글랜드에서 임시변통으로 코러클[10] 같은 배들을 타고 온 사람들이었다. 하나의 이상이 그들을 우리 고장으로 이끌었다. 이집트의 고행자 성 안토니우스를 본받아, 속세의 유혹

10 버드나무 가지로 바구니처럼 엮어 가죽을 친 작은 배.

을 뿌리치고 사막에 가서 하느님과 일대일로 대화하는 것, 그것이 바로 그들의 이상이었다. 이곳에 다다랐을 때, 그들은 대단히 기뻐했다. 물로 둘러싸인 옹색한 바위섬보다 더 고난스러운 곳이 어디에 있겠는가? 성 뷔도크, 성 모데, 성 리옹과 그들의 제자들은 저마다 바위섬 하나씩을 골라 정착했다. 그들은 해초와 물고기를 먹으며 하느님의 말씀을 가르쳤다. 그로부터 4백 년이 지나 스칸디나비아로부터 노르만족의 학살자들이 쳐들어왔다.

2. 15세기에 또 한 차례의 영적인 물결이 밀려왔다. 프란체스코회 수도사들은 도회의 번잡과 소란을 더 이상 견딜 수 없게 되자, 우리 고장의 〈초록섬〉으로 평온을 찾으러 왔다. 수도사들은 프랑스 혁명 때까지 그 섬에 머물렀다.

3. 그런데, 오늘날은 어떻습니까? 여러분의 눈에는 우리의 축복받은 바위섬들이 새우와 전복의 보호 구역이나 소풍지로밖에 보이지 않습니다……. 도대체 여러분은 언제나 초월적인 정신을 되찾을 겁니까?

저녁 식사 후, 우리가 습관적으로 하는 산책 때 — 상트페테르부르크의 여름밤처럼 잔광이 아직 긴 여운을 남기고 있지만, 아이들은 곤하게 잠이 들어 있는 때 —

가 되면, 우리는 부끄러운 마음으로 군도를 바라보곤 했다. 우리 신부님의 말을 어찌 그르다 할 수 있을까? 잿빛 물줄기들이 관류하면서 섬들을 폐허처럼 흩어 놓은 그 풍광은 장엄함을 그대로 간직하고 있건만, 열정은 이미 옛날의 그 열정이 아닌 것을.

28

「친애하는 형제자매 여러분, 나보코프라는 그 러시아 작가는…….」

8월 15일 미사의 강론은 뜻밖의 말로 시작되었다. 복음 봉독이 끝나고 신부가 강단에 올랐을 때까지도 전혀 예상하지 못한 일이었다. 발이 놓이는 대로 차례차례 삐걱대는 계단, 서걱거리는 제의(祭衣), 여유롭게 움직이는 넓은 소매 등이 강론에 필요한 엄숙한 분위기를 만들어 주는 가운데, 신부는 여느 때와 다름없이 강단에 올랐다. 그날 복음을 읽은 사람은 마리 수녀였는데, 노처녀 특유의 그 울먹이는 듯한 음성은 봉독이 끝난 뒤에도 아직 성당 안에 여음을 남기고 있었다. 신자들은 슬쩍슬쩍 손목시계를 흘깃거렸다. 〈벌써 12시가 다 됐네. 오늘은 강론을 길게 하실 건가? 바깥 날씨가 저렇게 좋은데 말이야…….〉

신부는 일곱 어절로 허두만 떼어 놓고 말을 멈추었다. 그의 눈에 노기가 번득였다.

「친애하는 형제자매 여러분, 그 러시아 작가 책을 여러분이 번역하고 있는 모양인데, 그는 교황 성하로부터 단죄를 받은 사람이올시다…….」

신부는 문고판으로 된 책 한 권을 들고 흔들어 댔다.

「이 쓰레기 같은 책에는 마흔 살이나 먹은 남자가 여자아이를 유혹하는 이야기가 나와요. 여러분은 그런 추잡한 짓의 공모자가 되려는 겁니까? 여러분, 대답해 봐요, 프랑수아즈, 티에리, 로이크, 베로니크, 베네딕트…….」

그는 미사에 참석한 섬사람들의 이름을 차례차례 부르고 있었다. 신자들은 얼떨떨한 표정으로 서로 돌아보았다. 교회가 그렇게 사나운 태도를 보인다는 것이 그저 놀랍고 생소하기만 했다. 그즈음의 교회는 신자들을 되찾으려고 고심하면서, 성을 내기보다는 매력적이고 사근사근하고 한없이 너그러운 모습을 보이고 있던 터였다…….

「……파스칼, 자닌, 앙리, 나딘……. 긴말이 필요 없습니다. 모든 걸 여러분의 양심에 맡길 테니 여러분 스스로 무엇이 옳고 그른지를 판단해 보십시오!」

신부는 나보코프의 소설 『롤리타』를 홱 내던졌다. 책

은 수리 공사가 진행 중인 서편 측랑으로 날아가, 외바퀴 손수레며 곡괭이, 삽 따위를 겨우겨우 가리고 있는 방수포 위에 떨어졌다. 미사가 끝났다.

섬의 신자들이 기억하는 한, 그 어떤 본당 신부도 여느 주일이 아닌 축일 미사에서 그토록 말을 적게 한 적이 없었다.

29

본당 신부는 금요일마다 콜레트와 마르그리트라는 두 수녀 집의 테라스에 가서 점심을 먹었다. 그의 전임자, 그 전임자의 전임자가 그랬던 것처럼.

그 습관은 두 수녀가 섬을 지배하던 50년대에 생긴 것이었다. 자식 손자뻘 되는 신자들이 너무 많아서 그들을 관리하느라고 애먹던 시절이었다. 사람들은 모든 문제에 관해서 그녀들과 상의했고, 그녀들의 심판을 무서워했다. 사건이 심각할 경우에는, 그녀들이 관계자들을 호출하기도 했다. 무방비 상태의 처녀를 임신시킨 죄가 드러나, 그 무시무시한 테라스에서 파란 눈에 칼을 세운 두 수녀로부터 결혼 선고를 받은 선멋쟁이 총각들이 무릇 얼마였던가? 모르면 모르되, 우리 섬 남자들의 반은 되지 않았을는지…….

그렇듯이 금요일 점심은 비록 서민의 백포도주 뮈스

카데를 곁들인 조촐한 식사였을망정, 권력자들의 만남이었고 섬의 국무 회의였다.

그 뒤로 세월은 물 흐르듯 흘렀고, 본당 신부와 두 수녀의 권력은 옛이야기가 되어 버렸다. 그들의 대화는 망명 정부의 회의를 닮아 있었다. 실지 회복에 관한 분명치 않은 계획들, 세상의 변화에 대한 분노, 가고 없는 옛날에 대한 그리움, 무엇보다 그리움이 화제의 주조를 이루었다.

그날, 본당 신부는 평소에 즐겨 먹던 농어에 손도 대지 않았다. 그날 아침에 잡은 물 좋은 농어라는 걸 모르는 바 아니지만, 세상에 대한 낙담이 크다 보니 입맛마저 가셔 버렸다.

「우리 섬은 다시 이교에 물들어 가고 있어.」

콜레트와 마르그리트는 신부를 모래톱까지 배웅했다. 신부는 물후미를 빙 돌아가는 대신 가로질러 가는 쪽을 택했다. 두 수녀는 수단을 입은 사제가 어부처럼 거룻배에 앉아 노를 젓고 있는 광경을 재미있게 바라보았다. 갈릴리 호수에서 예수의 부르심을 받은 사람들도 저렇게 노 하나로 잘 나아갈 줄 알았을까 하고 자문하면서.

고령(그녀들은 금세기 전에 태어났다)에 이르면서,

두 수녀는 몇 가지 은밀한 자유를 스스로에게 허용했다. 집 안의 다른 식구들이 모두 해변으로 나가거나 배를 타러 떠나면, 두 할머니는 거실에 틀어박혀 테파즈 전축으로 노래를 듣곤 했다. 그녀들이 사춘기 소녀들처럼 얼굴을 붉히고 깔깔거리면서 듣던 것은 다름이 아니라 이 고장에서 그토록 오랫동안 금지되었던 가수 브라상스의 노래였다. 금기를 거부하는 자유분방한 가사로 쫀쫀한 자들을 조롱하던 그 시인은 바로 물길 건너편의 르 트리외 하구에 살고 있었다.

그 오락이 끝나면, 두 수녀는 자기들이 가장 좋아하는 자리인 테라스의 두 의자에 다시 앉아 뜨개질과 바깥 구경으로 시간을 보냈다. 그녀들에게는 쌍안경이 하나 있었다. 온통 구리와 가죽으로 되고 동록(銅綠)이 파랗게 선 1914년 전쟁 때의 모델이었다. 두 할머니는 그 쌍안경을 서로 건네주고 건네받으면서 달라지는 세상을 관찰했다. 그녀들에겐 옛날의 지배력에 대한 아쉬움이 전혀 없었다. 본당 신부 말대로 섬이 다시 이교에 물들어 간다 해도.

30

도무지 감당할 수 없고 도저히 다룰 수 없는 여자, 에이다!

아마 다른 여자 같으면, 상황을 헤아리고 우리의 노력을 생각해서 측은지심을 보였을 것이다. 그래서 그 뻴때추니 같은 짓을 그만두고 우리 맞은편의 초역 원고가 어지러이 흩어져 있는 탁자 앞에 얌전히 앉아서, 농(弄) 반 진(眞) 반으로라도 이렇게 말했을 것이다.

「좋아요. 제가 여러분을 꽤나 괴롭힌 것 같군요. 이제 장난은 그만두겠어요! 내가 여러분을 위해 할 수 있는 일이 무어죠?」

그러나 우리 에이다에겐 그런 종류의 호의나 인정이라곤 눈곱만큼도 찾아볼 수가 없었다. 오히려 날이 가고 마감이 다가오면서, 그녀는 점점 더 종잡을 수 없는 태도, 그야말로 바람기의 극치를 보여 주고 있었다.

우리가 가슴을 두근거리며 그녀의 손을 잡기가 무섭게, 그녀는 쏜살같이 달아나기가 일쑤였다. 또, 우리가 그녀를 위해 준비해 둔 저택, 다시 말해서 아직은 비어 있지만 하느님과 그녀가 도와준다면 프랑스어판 제2부 8장 — 밴[11]은 두 자매가 요리와 플로어 쇼라면 사족을 못 쓴다는 것을 알고, 그다음 토요일 저녁에 프랑스 요리와 에스토니아 요리를 전문으로 하는 맨해튼 최고의 레스토랑 〈우르수스〉로 그녀들을 데려갔다 — 이 쓰일지도 모르는 종이로 겨우겨우 그녀를 데려간다든가, 등과 가슴을 많이 드러낸 짧은 연검정 원피스가 그녀에게 잘 어울린다고 칭찬해 줄라치면, 그녀는 대뜸 이렇게 꽁무니를 빼기가 일쑤였다.

「어머, 내가 정신을 어디다 두고 다니지? 죄송해요. 이만 가봐야겠어요. 다른 약속이 있거든요…….」

그러고 나면, 우리는 이튿날이 되도록 그녀를 다시 보지 못했다.

그보다 더 심각한 일이 있었다. 전부터 그럴 기미가 있었지만, 본당 신부의 비난이 있고부터 부쩍 심해진 일이었다. 에이다가 우리를 피해 달아나는 것으로 만족하지 않고, 변장술과 분신술을 쓰기 시작한 것이었

11 『에이다』의 남자 주인공.

다. 그러자 그녀와 아무 상관이 없는 섬 처녀들이 우리 눈에는 그녀로 보였다. 저기 부드러운 모래톱에 누워서 오른쪽 무릎을 살랑살랑 흔들고 있는 저 아가씨 말이야, 저거 우리 에이다 아니야? 우리는 벌써 몇 시간 전부터 그녀의 자취를 잃고 헤매던 터라, 서둘러 그녀에게 달려간다. 그러면 그녀는 우리의 소란과 달뜬 욕정에 진저리를 치면서 우리를 떠민다. 난 러시아 여자가 아니에요, 내가 그렇게 멍청해 보여요? 하면서. 그 다음 날이면, 에이다는 우리에게 또 다른 덫을 놓는다. 저 물후미 어귀에 있는 배 좀 봐, 여자애 하나가 나른하게 누워 있는데…… 이번엔 의심의 여지가 없어. 비록 굼뜨기는 하지만 미친 듯이 팔다리를 휘젓는 개구리헤엄으로 우리는 그녀에게 다가간다. 여자아이는 차나 안 차나 다를 게 없는 명목뿐인 브래지어를 다시 차고, 격렬하게 화를 내면서 우리에게 쏘아붙인다. 이 늙다리들이 나한테 뭘 바라는 거야?

늙다리라고? 서른 살도 안 된 우리는 졸지에 늙다리가 되었고, 부모님들은 섬에서 쫓아내겠다고 우리를 협박했다.

우리의 만년 박사 과정 서생이 열렬히 사랑하는 아내, 안과 의사라는 정상적인 직업을 가진 그녀는 휴가가 끝나기도 전에 파리로 돌아가 버렸다. 그녀가 떠나기 전에 그들 내외는 이런 대화를 나누었다.

「내가 남아 있으면 뭐 해요? 당신이 나를 더 이상 쳐다보지도 않는데.」

「하지만, 여보, 이 책을…….」

「책들은 마음의 둘레에 솟은 성벽이에요.」

한편, 우리의 사령관이자 대모인 생텍쥐페리 여사에게도 약간의 변화가 나타났다. 그녀 역시 우리를 경계하고 있었다. 앞에서도 말했듯이, 전해 여름에 그녀의 딸 카트린은 우리에게 많은 꽃을 가져다주었고, 우리는 그녀의 비누 냄새를 맡으면서 황홀해했다. 그런데 여사가 그 매력적인 처녀에게 금족령을 내려 버렸던 것이다. 나중에 여사가 우리에게 털어놓은 바에 따르면, 문제는 우리의 눈길에 있었던 듯하다. 우리가 여사의 딸이 지닌 보배와 장차 보배가 될 물건들을 훔쳐본다는 것은 새삼스러운 일이 아니었지만, 그해 8월 말경에는 그 눈길에 집요하고 불건전한 기색이 완연했다니 말이다.

어쨌거나 또 다른 에이다 작전이 필요한 시점이었다.

이번엔 그 마귀 같은 여자를 꼭 잡아야 할 텐데, 누가 어떤 요술 그물로 그녀를 잡을 수 있을 것인가?

그때까지는 아무도 대기 위의 전리층(電離層)을 이용해 원조를 요청할 수 있으리라고 생각하지 않았을 것이다.

31

두 번째 여름이 끝나 가던 그 무렵에, 생텍쥐페리 여사는 부쩍 더 자주 우리를 저녁 식사에 모이게 했다. 파리의 편집자가 다녀간 뒤로 글쟁이 부대의 사기가 더욱 떨어지고 있는 사정을 깊이 헤아린 결과였다. 〈우리가 미쳤지! 이렇게 한심한 영어 실력으로 나보코프라는 산과 맞설 생각을 하다니!〉 지나친 냉철함에서 나온 그 바람직스럽지 못한 속삭임을 잠재우는 데는 뭐니 뭐니 해도 술(말랭주 숲 포도원산 뮈스카데)이 제일이었다. 두세 잔 마시고 나면 우리에게 자신감이 돌아온다. 그러면 우리는 달착지근한 인동초 향기가 감도는 속에서, 해어진 법랑 무늬가 풍상을 견디고 있는 돌탁자에 둘러앉아 우리의 일에 관해서 토론을 벌인다. 우리는 프랑스어를 화제의 중심에 놓고 늦게까지 이야기를 나눈다. 프랑스어의 갖가지 특성, 즉 그 율동과

울림, 그 한결같은 절도, 추상(抽象)에 대한 그 고질적인 사랑, 여간해서 헝클어지지 않는 그 문법에 대해서. 에이다, 우리의 변덕쟁이 에이다가 이 반듯하고 가지런한 정원에 들어와 자리를 잡을 수 있을까?

호랑이도 제 말하면 오듯이, 우리가 그렇게 얘기하고 있노라면 프랑스어가 우리에게 온다. 마치 다른 저녁 약속이 있어서 우리와 식사를 같이 할 수는 없었지만 커피라도 같이 마실 양으로 늦게나마 찾아 준 고마운 임처럼. 우리는 그 임이 어머니처럼 크고 자애로운 존재로 어둠 속에서 발소리를 죽이며 다가오는 것을 느낀다. 술기운이 떨어져서 다시 기가 죽어 있던 우리는 임을 붙잡아 두기 위해서, 임에게 가장 융숭한 대접을 베풀었던 사람들의 이름을 하나하나 불러 댄다. 몽테뉴, 라퐁텐, 스탕달, 아폴리네르……. 그러자 임은 흡족한 기색으로 〈여러분은 착한 후손들이로군요〉 하고 우리를 칭찬한 다음 긴 이야기를 들려준다. 우리보다 훨씬 먼저 이렇게 탁자에 둘러앉아 임을 기렸다는 다른 동아리들에 관한 이야기다. 플레이아드,[12] 곧 칠성

12 롱사르, 뒤벨레 등을 중심으로 16세기 중엽 형성된 프랑스의 시파. 고전어와 고전 문학에 관한 바른 연구를 바탕으로 프랑스어의 내용을 풍부히 하고 프랑스 시법을 혁신했다. 1549년, 뒤벨레의 이름으로 발표된 〈프랑스어의 옹호와 선양〉이라는 선언으로 프랑스어 발전에 뚜렷

파(七星派) 시인들. 언어의 멋과 기교에 집착했던 17세기의 멋쟁이 여자들(임은 그녀들 이야기를 하면서 〈몰리에르는 왜 그녀들을 우스꽝스럽다[13]고 했을까요? 일상의 언어를 풍부하고 아름답게 만들려고 노력하는 것도 죄가 된단 말인가요?〉 하며 의아해한다). 그리고 초현실주의 작가들(이들에 대해서 임은 〈그들은 자기들만이 뭔가 새로운 것을 하는 줄 알고 자부심이 대단했지요. 하지만 그 턱없는 자긍심에 나는 실소를 금할 수 없었어요. 그들이 말한 자동 기술이란 내가 불러 주는 것을 그대로 받아 적는 것에 지나지 않았거든요……〉라고 귀띔한다).

그러더니 좀 더 서늘해진 밤공기에 실려, 임은 갑자기 우리 곁을 떠나 버린다. 〈다들 열심히 하세요〉라는 말만 남기고. 우리는 입을 다문다. 임이 떠나면서 말도 같이 사라졌다. 각자 어둠을 헤치며 집으로 돌아갈 시간이 된 것이다. 임을 잃은 우리는 어미 잃은 고아들처럼 거친 들로 흩어져, 손전등의 흔들리는 불빛에 의지하며 집으로 간다.

한 자취를 남기고 있다.

13 몰리에르의 단막 희곡 「우스꽝스러운 멋쟁이 여자들」을 두고 하는 말. 몰리에르는 이 작품에서 지나친 멋과 기교의 폐단을 풍자하고, 자연스러움의 미덕을 강조했다.

그날 저녁에는 프랑스어가 아니라 음악이 문제가 되었다. 우리는 안주인이 들떠 있음을 느끼고 있었다. 그녀는 허둥거리고 갈팡질팡했으며, 손길이 미치는 곳에 있는 모든 것의 표면을 피아노 치듯 또드락거렸다. 손목시계를 들여다보는 모습도 여러 번 우리 눈에 띄었다. 누군가를 초대했는데, 그 사람이 오지 않아서 그랬던 것일까? 도피네 지방식 그라탱을 먹고 나자, 그녀는 더 이상 참지 못하고 자리에서 일어나 집 안으로 사라졌다. 그러고 나서 곧, 열려 있는 문 겸 창문 너머로 쳄발로 소리가 길게 여운을 끌며 날아왔다.

발랄한 느낌을 주는 악절 하나가 휘감듯이 돌아나가자마자, 같은 선율이 활발하게 되풀이되었다. 회전목마처럼, 원무처럼 돌아가는 론도였다.

「어때요?」

생텍쥐페리 여사는 우리의 의견을 듣고 싶어 했다. 그녀는 얼굴을 붉히고 손을 깍지 끼었다 풀었다 하면서 어찌할 바를 몰라 했다. 입고 있는 파란 꽃무늬 원피스는 구식이었지만, 갑자기 서른 살은 젊어 보였다. 이거 제가 좋아하는 음악인데 마음에 드세요, 하고 식구들의 의견을 묻는 수줍은 소녀의 모습이었다.

우리는 그날 저녁엔 여사를 유리처럼 조심스럽게 다

루지 않으면 안 된다는 것을 알아차렸다. 우리가 조금이라도 머뭇거리는 기색을 보이면, 그녀는 자기 음악이 마음에 안 들어서 그러는 줄로 여기고 울음을 터뜨리고 말 거였다. 우리는 진부한 탄성으로 대답했다. 「야, 활기차다! 와, 반복이 아주 미묘한데요! 오, 주제의 그 멋진 순환…….」

그녀는 우리 대답을 더 듣지 않고, 경이감에 찬 그 앳된 음성으로 설명했다.

「쿠프랭이에요. 우리 질이 가장 좋아하는 곡을 마침내 찾아냈어요. 제목은 〈신비의 바리케이드*Les baricades misterieuses*〉. 그 시대에 붙인 제목치고는 이상하지 않아요? 게다가 철자도 이상해요. 바리케이드엔 r가 하나밖에 없고, 신비*mystère*에는 y 대신 i가 들어갔어요……. 저 먼저 일어서도 되죠?」

그녀가 재차 사라졌다.

그리고 첼발로 소리가 다시 들려왔다.

우리는 발뒤꿈치를 들고 서서 안을 기웃거렸다. 처녀 적으로 돌아간 그녀에게 고갯짓으로 인사를 보냈지만, 그녀는 아무것도 알아차리지 못했다. 안락의자에 몸을 묻은 채, 빙빙 돌아가는 레코드판만 뚫어져라 바라볼 뿐이었다. 우리는 마음속으로 그녀를 껴안으며 행운을 빌어 주었다. 잘해 보십시오, 여사님. 언젠가는 그 「신비의 바리케이드」를 넘을 수 있지 않겠습니까?

그녀가 질에게 쏟고 있는 열정이 얼마나 뜨거운가에 대해서는 이제 모르는 사람이 없었다. 우리는 고사리 숲에 숨어서 저녁마다 이런 장면을 목격하곤 했다. 먼저 생텍쥐페리 여사가 선물 하나를 들고 온다. 선물은 샤토 베슈벨에서 나온 포도주, 또는 구리 냄비에 담아 약한 불에 올려놓고 조심조심 익혀 만든 포도주 영계찜, 아니면 뜨개질해서 만든 겨울용 벙어리장갑 같은 것이다. 질은 툴툴거리는 것으로 고맙다는 말을 대신하고 선물을 받아 든다. 두 사람은 눈길 한 번 마주치지 않고 한동안 마주 보고 앉아 있는다. 그것으로 끝이다. 번역가는 자기 고양이들 쪽으로 몸을 돌리고 사랑에 빠진 여인은 처녀 적의 꿈으로 돌아간다.

32

「*Donde se esconde el sexo en esta puta de isla*(이 망할 놈의 섬에는 섹스가 어디 숨어 있는거야)?」

나이는 어쩔 수가 없는지, 호세 마리아 페르난데스 씨도 환갑을 맞고부터는 젊은 시절을 빛내 준 그 열정에서 풀려나고 있었다. 지난 40년은 연애 사건이 거의 하루도 끊이지 않았던 춘정의 세월이었다. 꺽꺽하든 다정하든, 애잔하든 음전하든 언제나 뜻하지 않은 사건이 벌어져 그의 삶에 활기를 주던 나날이었다. 그런 행복한 삶은 부에노스아이레스라는 곳에 살았기에 가능했을 것이다. 인구 1천2백만의 수도, 온갖 종족이 찾아와 등을 비비는 잡거의 언덕이자 온갖 방황의 종착지인 부에노스아이레스는 육체의 결합에, 때로는 영혼의 결속에까지 무한한 가능성을 제공한다.

그는 스물여덟 권의 수첩을 늘 간직하고 있었다. 부

에노스아이레스에서 만난 소중한 사람들과의 추억을 모두 기록하고, 그 도시에 감사하는 뜻으로 〈*Homenaje personal a la Ciudad*(그 도시에 바치는 개인적인 경의)〉라고 명명한 수첩들이었다.

그런데 이 일을 어쩌면 좋으랴, 망명 생활이 그의 춘정에 치명적인 타격을 가하고 말았으니. 그는 종종 바지 앞쪽의 지퍼나 단추가 있는 곳을 내려다보면서 이렇게 한탄하곤 했다.

「빌어먹을, 유럽의 이 음울한 분위기 때문에 내 바지가 기를 못 펴는 거야.」

그러던 차에, 그는 한 동료로부터 우리 섬의 기후가 살맛나게 해준다는 얘기를 듣고, 8월 한 달을 묵을 예정으로 용도가 바뀐 예배당 하나를 세내었다. 그 예배당은 앞이 탁 트인 곳에 자리하고 있어서 밀물 때 말고는 언제나 개펄이 내다보이는 매력적인 건물이었다. 예상했던 대로, 그의 여름 나기는 바닷말 냄새 속에서 느릿느릿 진행되었다. 전체적인 분위기 속에 함유된 권태치(倦怠値)도, 사람들이 〈적당한 권태는 건강에 좋다〉라고 말할 때의 그 〈적당하다〉는 수준이었다. 그런데, 한 가지 그의 마음을 번잡하게 만드는 것이 있었다. 오후가 되면, 그는 하늬바람을 막아 주는 청록색 수국 화단 앞에 헝겊 접의자를 놓고 길게 누워서, 섬사람들의 색정적인 관습에 대해 골똘히 생각하곤 했다. 그는 섬의 어디에나 색정의 기운이 감돌고 있음을 느낌으로 알고 있었다. 그러나 끊임없이 산책을 나가고 끈질기게 감시하고 밤마다 닫힌 겉창에 귀를 갖다 대며 보초를 서는데도, 뭐 하나 뚜렷하게 잡히는 게 없었다. 현행범이 눈에 띈 적도 없었고, 직접 증거로 삼을 만한 소리가 귀에 들어온 적도 없었다. 다만 훅훅 끼쳐 오는 향긋한 냄새로 미루어 근처 어디에선가 교접이 한바탕 벌어지고 있으려니 짐작할 수 있을 뿐이었다. 그러나 그것이 정말 사람의 냄새인지 아니면 바다 밑에서 올라오는 해초의 향기인지를 가려내기란 결코 쉬운 일이 아니었다. 어쨌거나, 그는 자기 조사를 계속 밀고 나갈 생각이 없었다. 진실이 그렇듯이 섹스란 감출 수 없는 것이고 언젠가는 드러나게 마련이라는 것을 경험으로 알고 있기 때문이었다. 그냥 기다리고만 있으면 수수께끼는 저절로 풀릴 것이었다.

그렇게 섬사람들의 성애에 관심을 갖다 보니, 그의 안에 늘 잠복하고 있던 향수가 되살아났다. 그는 부에노스아이레스의 거리들과 거기에서 경험한 내밀한 향연들을 하나하나 다시 떠올렸다. 레콜레타 공동묘지,

늘 육욕에 몸이 달았던 아일랜드 여자, 유령 장난에 놀라 아연실색하던 그녀. 아무리 퍼 올려도 마르지 않는 샘처럼 사랑의 기회가 무궁무진했던 갈레리아 파시피카. 토르토니 카페와 수요일마다 그곳을 약속 장소로 정하던 어떤 사내. 프로이트를 열렬히 숭배하던 그 사내는 〈둘세 데 레체〉[14]를 네모진 서류 가방에 담아 왔고, 나중에 로스 트레스 사르헨토스 호텔에 들어가서는 그것을 자기 몸에 발라 달라고 부탁하곤 했다…….

14 우유에 설탕을 넣고 끓여서 만든 크림.

33

그리움을 견디다 못해 호세 마리아 페르난데스는 어느 날 저녁 대서양 건너의 벗들과 교신을 하기로 했다. 아무 때나 국제 전화를 이용할 처지가 못 되는 그와 같은 망명자에게는 다른 통신 수단이 필요했다. 그는 대륙 간 교신에 적합한 최신 장비를 갖추고 있었다. 한 달 전에 파리 근교의 쿠르브부아에 있는 바르뒤크네 가게에서 구입한 TS801 송수신기가 바로 그것이었다.

땅이 드넓은 아르헨티나에서 무선 통신은 오랜 전통을 이어 오늘날에도 활발하다.

페르난데스는 장비 일습을 손수레에 싣고 섬의 북쪽으로 갔다. 등대 근처, 황야가 바다에 닿는 그곳에 다다르자, 그는 하늘을 올려다보았다. 서쪽에만 붉은 빛살이 조금 내비칠 뿐, 하늘은 온통 잿빛 일색이었다. 날이 저물고 있었다. 예측대로라면, 남미와 교신하기에 더없이 좋은 때였다. 브르타뉴에서 보낸 신호들이 전리층에서 알맞게 반사되어 무사히 라플라타강의 기슭에 닿을 수 있는 호기였다. 그러나 변덕 많고 욕심 많은 이 전리층을 상대할 때는 언제나 조심해야 한다. 태양이 공기를 활발히 전리시켜 전자를 충분히 만들어 주지 않으면, 전리층은 우리가 보내는 전파를 모두 삼켜 버린다. 게다가 그해 1974년은 태양의 순환 활동이 유난히 저조한 해였다…….

어둠살이 천천히 번져 가고 있었다. 그는 너럭바위 하나를 골라 TS801과 전지를 설치하고, 반쯤 무너져 내린 두 채의 세관 오두막 사이에 아주 기다란 안테나선을 걸었다. 그러고는 보물처럼 여기며 늘 가지고 다니는 (그의 스승이었던 루마니아 출신의 피아니스트 클라라 하스킬의 선물인) 피아노 의자에 앉아, 자기의 주파수인 14MHz를 골랐다. 가슴이 두근거렸다. 옛날에 사랑을 낚으러 갈 준비를 하느라고 거울 앞에서 정성스럽게 머리를 매만지고 콧수염을 다듬으면서, 〈오늘 밤엔 누가 걸릴까?〉 하고 생각하면 늘 그렇게 심장이 뛰곤 했다. 만남에 대한 열정은 그의 삶이 상하지 않게 하는 소금이었다.

그는 에보나이트 버튼을 돌렸다. 그러자, 씨시식, 삐

비빅, 찌지직, 하는 소리가 스피커를 타고 흘러나왔다. 지구가 고통에 겨워 내는 신음일까? 아니면, 그냥 자전 때문에 이는 바람 소리일까? 뜻이 분명치 않은 그 탄식에 그는 오랫동안 귀를 기울였다. 그 소리 사이를 사람의 목소리가 조금씩 비집고 들어왔다. 마침내 교신이 시작되었다.

「여기는 F5NLZ, 아르헨티나 방향으로. F5NLZ, 아르헨티나 쪽으로. 응답 바람.」

「F5NLZ, 여기는 LUZCX.[15] OM, 이 배신자, 약속은 언제 지키는 거지? 오버.」

OM은 〈올드 맨〉을 줄인 것이다. 아마추어 무선가들은 자기들끼리 서로 그렇게 부른다. 페르난데스는 전율을 느꼈다. 교신 상태는 좋지 않았지만, 그는 상대가 자기의 옛날 약혼녀 중의 하나인 훌리아라는 것을 대번에 알아차렸다. 그녀는 돈 보스코라는 의사 남편 몰래 아마추어 무선국을 차려 놓고, 과거의 남자와 다시 끈을 맺어 보려고 절망적으로 애를 쓰고 있었다. 아, 차라리 전리층이 우리의 이 그리움을 깡그리 삼켜 버렸으

15 아마추어 무선에서 사용하는 호출 부호는 보통 나라와 지역을 나타내는 코드에 개인의 서픽스를 덧붙여서 만든다. F5NLZ의 F와 LUZCX의 LU는 각각 프랑스와 아르헨티나를 나타낸다.

면! 그와 함께 회한도 사라지게. 세뇨르 페르난데스는 되도록 다정하게 굴었다. 크리스마스 때 아르헨티나에 돌아가겠다는 약속까지 했다. 그러자 그의 XYL(〈엑스 영 레이디〉를 줄인 것으로 유부녀가 된 옛 애인을 가리키는 암호)은 기뻐서 어쩔 줄을 몰랐다. 무선 통신을 이용한 원거리 대화의 장점은 그 간결함에 있다. 3~4분 지나면 이야기를 끝내는 것이 관례다.

많은 옛 친구들이 저마다 자기 차례를 기다리고 있었다. LU6BP, 밤에 변복하고 라 보카의 카바레들을 함께 전전한 친구. LU5CM, 리버 플레이트 팀을 광적으로 후원했고 제 아내의 홍행사 노릇을 했던 친구…….

그렇게 오랫동안 서로 못 만나게 되면, 서로 할 말도 없어지는 법이다. 가뭇없이 달아나는 목소리로나마 지구 반대쪽에 벗들이 있다는 것을 느끼자 한편으론 힘이 솟고 한편으론 가슴이 옥죄였다.

그는 마지막으로 한 번 더 교신을 시도했다.

「F5NLZ가 아르헨티나로. 보르헤스 선생님 소식 아는 사람, 누구 없는가?」

34

세뇨르 페르난데스는 천우신조로 자기가 할 수 있는 선물 중에서 가장 훌륭한 것 하나를 호르헤 루이스 보르헤스에게 바친 바 있었다. 보르헤스가 노벨 문학상을 받도록 도와줄 만한 사진 한 장이 바로 그 선물이었다. 매년 가을만 되면 블라디미르 나보코프와 마찬가지로 그 최고의 상을 기대하고 있던 보르헤스에게 다른 어떤 선물이 그보다 더 큰 기쁨을 안겨 줄 수 있었으랴? 보르헤스는 수상자 선정에 작가의 사진이 얼마나 큰 역할을 할 수 있는지 알고 있었다. 스웨덴어 번역가와 영어 번역가가 아카데미의 열쇠 가운데 가장 좋은 것 두 가지를 쥐고 있다면, 세 번째 열쇠는 사진작가의 작업 도구 케이스에 들어 있다. 작가의 개성은 문체뿐만 아니라 얼굴로도 나타난다. 만일 헤밍웨이가 비쩍 마르고 수염도 없는 사람이었다면, 노벨상은 어림도 없고 기껏해야 구겐하임 기금이나 받았을 것이다.

그런데, 페르난데스는 노벨상이라는 아슬아슬한 주사위 놀이판에서 보르헤스가 적어도 다섯 칸은 더 나아갈 수 있도록 도와주었다. 마치 신의 렌즈로 포착한 듯한 사진으로 그를 불멸케 만들었던 것이다. 그는 32방위 표시도의 한가운데에 두 발을 디디고 있는 보르헤스를 위에서 찍었다. 환영이 출현할 때와 같은 그 빛이며 얼굴에서 발산되는 그 차분한 자긍심 등으로 해서 그 사진은 보편성의 완전한 상징이 될 만했다. 그런 사진이 지닌 가치는 우리가 상상하는 것 이상이다. 아프리카의 불행에 관해 소설을 쓰는 작가라면 적어도 두 편의 장편을 써서 갈채를 받아야 그 사진이 주는 효과를 얻었을 것이다.

「나 여기 있네.」 누군가 힘없는 소리로 응답했다. 교신의 잡음이 그 속삭이는 듯한 음성을 이내 삼켜 버렸다.

그러니까 전설처럼 떠돌던 소문은 사실이었다. 장님이 된 보르헤스는 국립 도서관의 자기 사무실에 틀어박혀 살고 있었다. 수백만 권의 책이, 그를 둘러싸고 있고 수백 편의 이야기가, 발표될 날을 기다리며 그의 머릿속에서 안달하고 있었지만, 그는 이따금 고독에 숨이 막히곤 했다. 그럴 때면, 그는 아마추어 무선망에 들어와 아무 말 없이 몇 시간을 보내곤 했다. 그렇게 인류의 소리에 귀를 기울이고 나면, 자기가 살아 있다는 것을 그 이튿날까지는 그럭저럭 믿을 수 있었다. 늙은 보르헤스에게는 세계의 실재성이 그토록 불확실하게만 여겨졌던 것이다…….

세뇨르 페르난데스는 착잡한 심정으로 TS801을 껐다. 창문이 다시 닫혔다. 하늘의 전리층은 더 이상 어떤 신호도 반사시켜 주지 않고 있었다. 밤이 들었다. 구름 걷힌 하늘엔 이제 달빛이 은은하고 별이 총총했다. 황야가 어슴푸레한 빛에 흠씬 젖어 있었다. 바닷물이 찰락거리는 소리 말고는 아무 소리도 들리지 않았다.

35

세뇨르 페르난데스는 교신에 몰두하느라고 섬을 잊고 있었다. 장비를 손수레에 다시 실으려고 하다가, 그는 자기가 혼자 있지 않다는 것을 깨달았다. 언제 왔는지, 발소리를 죽이고 살금살금 나타난 사람들이 그가 작업하는 모습을 지켜보고 있었다.

생텍쥐페리 여사가 다가갔다. 그녀의 곱슬곱슬한 금발이 달빛에 반짝였다.

「저희가 방해한 거 아니에요?」

그는 아직도 교신하고 있는 듯한 착각이 들어, 하마터면 〈여기는 F5NLZ, 계속하라〉 하고 대답할 뻔했다.

「천만에요…….」

우리 사령관은 사정을 설명했다. 고분고분하게 번역되려 하지 않는 에이다에 대해서, 그리고 종교 당국의 적대감과 파리 편집자들의 잔혹성에 대해서……. 「페르난데스 씨, 우리를 좀 도와주시지 않겠습니까? 아마추어 무선가들 중에는 아주 박식한 프랑스어 사용자들이 있을 거예요. 프랑스어 경시 대회에서는 언제나 프랑스어와 가장 먼 언어권의 친구들이 우승을 하잖아요? 선의를 가진 모든 남녀들의 힘을 한데 모아야 돼요.」 그러더니, 여사는 우리의 경탄을 자아내며 이렇게 철학적으로 결론을 지었다. 「번역과 무선 통신은 사람들 사이의 대화를 주선하는 소중한 중개자이며 항구적인 평화를 가꾸어 주는 거름이 아니겠습니까?」

세뇨르 페르난데스가 이미 동의했는데도(〈마음대로 이용하셔도 좋습니다. TS801은 여러분을 실망시키지 않을 겁니다.〉), 여사는 자기 할아버지뻘 되는 앙투안 드 생텍쥐페리의 항공 우편 역시 우리 일과 마찬가지로 지구적인 성격을 띤 것이었다고 동을 달았다. 그녀처럼 조심스럽고 음전한 여자가 그렇게 군말을 늘어놓는 것은 다소 뜻밖이었다.

우리는 그 이튿날 저녁, 변덕스러운 전리층이 협조해 줄 가능성이 있는 시간에 다시 만나기로 했다.

그렇게 해서, 우리는 8월 말까지 매일 땅거미가 질 무렵이면 세뇨르 페르난데스와 그의 장비 주위에 모였다.

전리층이 잠에서 깨어나 주기를 기다리는 동안, 그

는 우리에게 자신이 살아온 이야기를 들려주었다. 우리는 들판에 둘러앉아, 탄성을 연발하며 그의 이야기에 귀를 기울였다.

그는 한때 촉망받는 피아니스트였다. 슈만, 쇼팽 등을 연주하는 것으로 피아니스트로서의 이력을 시작했다. 그의 연주는 사람들의 사랑을 받았다. 만일 1965년 6월 18일의 그 사고가 없었다면, 그의 운명은 어떻게 달라졌을까? 그는 대연주자의 영예에 도달할 수 있었을까? 그날, 그는 어떤 호텔(그 이름은 인정상 밝힐 수가 없다)의 계단에서 굴러떨어졌다. 계단에 카펫이 잘못 깔려서 거기에 발이 걸린 거였다. 〈두 손을 앞으로〉 하고 넘어졌기 때문에 크게 다치지는 않았다. 그런데, 그의 스승인 클라라 하스킬, 불요불굴의 기질을 지닌 그 섬세하고 신비로운 피아니스트에게도 똑같은 사고가 생긴 적이 있었다. 그건 브뤼셀 남역에서의 일이었다. 그때, 진정한 음악가 하스킬은 자기가 쓰러지는 것을 느끼면서 얼른 〈두 손을 뒤로〉 돌렸다. 손을 보호하기 위해서였다. 그 바람에 그녀는 머리를 계단에 부딪혔고, 그 때문에 죽음을 맞았다.

불알의 윤곽을 드러내는 바지에 금단추가 달린 빨간 윗옷을 입은 호텔 종업원들이 부랴부랴 달려와서 그를 둘러쌌다. 〈괜찮으십니까? 의사를 불러 드릴까요?〉 종업원들이 그렇게 물었지만, 그는 〈모든 게 분명히 드러났어. 난 피아니스트가 될 자격이 없어. 내 손가락들을 지키지 못했잖아!〉 하고 되뇌었다.

부상에서 회복되자마자, 그는 모든 연주 약속을 취소하고 애먼 피아노를 태워 버린 다음, 사진작가로 변신했다. 자기 목숨을 비롯해서 〈모든 것〉을 음악에 바치지 않는 사람은 음악가의 칭호를 얻을 자격이 없다는 것이 그의 생각이었다. 그는 파리에 정착해 스페인어권의 여러 신문에 보도 사진을 팔면서 생계를 꾸려나가고 있었다.

「내 눈이 카메라 들여다보는 것에 싫증을 내면, 이렇게 무선 통신기에 귀를 기울이면서 눈을 쉬게 하지요.」

「아주 훌륭하게 고루 갖춘 삶이네요!」

생텍쥐페리 여사가 감탄하자, 그가 대답했다.

「여사께서도 양성애(兩性愛)를 하십니까?」

그는 갑자기 손목시계를 들여다보더니 TS801 쪽으로 달려갔다. 예측한 대로라면, 전리층이 잠에서 깨어났을 시간이었다.

「F5NLZ 호세가 모두에게. 반복합니다. F5NLZ가 모두에게. 다음 문장을 프랑스어로 번역해 줄 분 있습니까? *Their immoderate exploitation of physical joy amounted to madness.*」

경악을 뜻하는 긴 침묵이 흐른 뒤에, 여기저기서 프랑스어로 응답이 날아왔다. 말투는 제각각이었다. 몸을 흔들흔들하며 말하는 듯한 카리브해 사람, 리듬 효과를 강하게 넣는 아프리카 사람, 말을 토막토막 끊는 베트남 사람…….

「여기는 HH6CD 장 막시맹. 아이티 수도 포르토프랭스에서 성원 보냄. *exploitation*이 난해함. 제안하고 싶은 번역어는 만끽, 탐기(貪嗜)…….」

「여기는 XU7VA, 프놈펜의 키엔. 공산당 테러 여전. *immoderate*와 *amounted* 이하를 〈과도하다〉나 〈방탕하다〉의 뜻으로 통합해, 〈쾌락에 방탕하게 탐닉했다〉라든가 〈쾌락을 지나치게 향유했다〉는 식으로 옮기면 어떨지.」

지구촌 동료들과 나누던 그 대화 중간에, 우리 아마추어 무선가는 헤드폰을 벗고 이마의 땀을 훔치며 말했다.

「프랑스어 사용권은 하나의 멋진 가족이군요!」

그러고는 작은 몸을 한껏 곧추세우며 혼잣말을 하듯 이렇게 덧붙였다.

「어쨌거나 스페인어는 지금 미국을 침략하고 있지요.」

전리층이 도움을 거부하고 있다는 뜻으로 하늘이 침묵하고 있을 때면, 우리는 대기를 교란하지 않도록 조심하며 나직한 소리로 다시 이야기를 나누었다. 쥘리에트가 준비해 온 따뜻한 음료와 바람보다 가벼운 쉬제트 크레프를 먹고 마시면서. 언제나 변함없이 화제는 폭풍우에 관한 얘기로 넘어갔고, 그러다 보면 폭풍우와 관련된 전설들이 초들리게 마련이었다. 끈질기게 나도는 몇몇 전설에 따르면, 옛날에 우리 조상들은 바로 거기, 암초가 곳곳에 숨어 있고 조류에 심하게 깎인 그 북쪽 끄트머리에서 난파선 약탈자 노릇을 했다고 한다. 하지만, 별로 영광스럽지도 않은 우리의 과거를 들먹일 계제가 아니었다. 바야흐로 에이다의 아름다움을 위해 온 세계의 친구들이 우정의 손길을 내밀고 있던 때가 아니던가?

36

에이다는 사태의 변화를 알아차렸다. 제아무리 변덕스럽고 바람기 많고 역마살이 낀 에이다라도 우리의 지구나 대기권마저 벗어날 수는 없는 노릇이었다. 그녀는 알고 있었다. 자기가 어디로 달아나려 하든, 아마추어 무선가 중의 누군가는 전리층을 이용해서 반드시 자기를 다시 붙잡게 되리라는 것을.

자기가 그처럼 눈에 보이지 않는 새장에 갇혀 있음을 알았으니, 미친 듯이 날뛰며 화를 낼 법도 했다. 그러나 에이다는 그것을 자기에 대한 최고의 찬사로 받아들였다. 마음이 흐뭇해진 그녀는 더 사근사근한 모습을 보여 주기로 결심했다(그녀 성격에 원래 찬사에 약한 면이 있음을 잊지 말기 바란다). 그리하여, 마침내 그녀는 우리가 권하는 쾌적한 저택, 곧 프랑스어를 받아들이기로 했다.

「됐어! 나의 에이다, 드디어 너를 잡은 것 같다!」 질은 감색 빵모자를 비스듬히 눌러 쓰고, 비틀린 입술에 행복한 비웃음을 머금은 채, 낡은 레밍턴 타자기를 부지런히 두드리며 그렇게 되뇌고 있었다.

37

우리를 도와준 대가로 세뇨르 페르난데스는 마땅히 선물 하나를 받을 만했다. 우리는 하고 싶거나 갖고 싶은 게 있느냐고 그에게 물어보았다. 그는 미간에 주름을 모으고 골똘히 생각에 잠겼다.

「이 고장의 세시 풍속을 구경하고 싶군요.」

아르헨티나로 건너간 유럽인의 자녀들이 다 그렇듯이, 그도 유럽인의 관습에 감상적인 애정을 지니고 있었다. 우리는 지구에 해와 달의 인력이 가장 크게 작용하는 때인 이틀 후의 한사리를 기다리라고 말했다. 약속 시간과 장소가 정해졌다. 8월 22일 11시 30분, 베크상송이라 불리는 바닷가.

항해 복장으로 오라는 것이 우리의 요구였지만, 그는 옷을 바꿔 입고 싶어 하지 않았다. 부에노스아이레스에 살 때, 걸핏하면 변복을 하고 딴사람으로 행세하는 친구들을 너무 많이 보아서, 옷 바꿔 입는 것을 질색하게 된 모양이었다. 그는 평소의 옷차림 그대로 모래톱에 나타났다. 단지 베이지색 바지를 무릎까지 걷어 올리는 것만 받아들였다. 그리하여, 그는 빨간 셔츠에 진주알이 박힌 넥타이, 하얀 실크 윗옷 차림으로, 머리엔 반드르르하게 윤을 내고 감초 사탕 냄새를 풍기면서 우리 가족의 요트에 올랐다. 카메라, 곧 라이카 한 대와 니콘 두 대를 어깨에 메고 있었음은 물론이다(우리 고장의 세시 풍속 하나가 곧 불후의 사진으로 남게 될 참이었다).

남실바람이 건듯 불어 분위기를 한결 발랄하게 해주고, 가을을 예고하는 노란 빛살이 온 누리에 후광을 입히고 있었다. 온갖 종류의 배들이 모여들어 바다를 덮어 버렸다. 선체가 적갈색 마호가니로 된 고급 요트, 덩치 큰 쌍돛대 요트 케치, 돛으로도 가고 모터로도 가는 요트 피프티피프티, 크기도 제각각 모양도 제각각인 그 밖의 작은 요트들, 반쪽짜리 호두처럼 둥근 보트, 이물이 제설차 앞부분처럼 생긴 보트, 선실이 초소처럼 높고 기괴한 모터보트, 조디악 상표의 검은 튜브, 카누, 카약, 좁고 기다란 마상이 등이 모두 커다란 그물들을 비죽배죽 내밀고 있었다. 물에 뜨는 거라면 모을 수 있는 데까지 다 끌어다 모아 놓은 형국이었다. 아마 1944년 6월 6일 노르망디 상륙 작전에 참가했던 혼성 선단이 독일군의 눈에는 그렇게 보였으리라.

세뇨르 페르난데스는 온갖 냄새와 빛깔과 소리로 오감이 뿌듯해져 옴을 느꼈다. 바닷말의 요오드 냄새와 디젤 냄새가 허파로 밀려들었다. 라플라타강 특유의 연한 초콜릿빛에 익숙해져 있는 그의 눈은 순수한 에메랄드빛과 짙은 쪽빛, 은빛, 검은빛 등이 한데 어우러진 것을 보면서, 바다에 그렇게 많은 색깔이 공존할 수 있다는 사실에 놀라고 있었다. 그의 귀는 프랑스 가정의 전형적인 악다구니를 즐기고 있었다. 〈저렇게 여자들이 키를 잡고 있으니, 우린 이제 망했어!〉 〈이런 날 뮈스카데를 깜박 잊고 안 챙기다니, 당신 때문에 뭐 하나 되는 일이 없다니까!〉 〈재 좀 그만 울라고 해! 당장 그치지 않으면, 저 자식 바다에 던져 버릴 거야!〉…… 같은 말다툼이 이 배 저 배에서 되풀이되고 있었다. 페르난데스는 여기저기에 부지런히 렌즈를 들이대어 사진을 찍었다. 〈*Madre de Díos*(하느님 맙소사), 부에노스아이레스에서 이 사진들을 보면, 늙은 유럽의 진면목을 보여 주는 바캉스 사진이라고 되게 좋아하겠는걸!〉

우리는 물후미를 빠져나갔다. 페르난데스는 우리가 요트를 조종하는 데 방해가 되지 않도록 한쪽 구석에 웅크리고 있었다. 어쩌면 뱃멀미의 초기 증세를 겪고 있었던 것인지도 모른다. 그는 〈새우, 새우〉라는 말을 되풀이했다. 그토록 하찮은 동물을 잡으러 가기 위해, 수십 척이나 되는 배들이 모여 그렇게 하나의 함대를 이루고 있다는 사실이 도무지 믿기지 않는 모양이었다.

그에게 프랑스어를 가르쳐 준 유모는 라틴어에도 조예가 있어서, 낱말을 가르쳐 줄 때 어원을 함께 일러 주는 버릇이 있었다. 그가 기억하기로, *crevette*(새우)는 *chevrette*(새끼 염소)가 변해서 된 말이다. 그러니까, 어원으로 보면 새우란 새끼 염소처럼 팔딱팔딱 뛰는 갑각류 동물이다. 바로 그런 점에서 새우를 쫓는 항해는 예측이 불가능할 만큼 내용이 풍부하다. 그는 섬사람들이 이렇게 한꺼번에 몰려가는 데는 새우잡이 말고 다른 이유가 더 있을 거라고 생각했다. 하기는, 1789년 이래 세계의 양심임을 자처한 나라, 가톨릭교회의 장녀이자 바스티유 감옥의 함락자이며 샤를 드골 장군의 어머니인 프랑스가 단지 새우 때문에 그렇게 열광하리라고 생각할 사람이 누가 있겠는가?

선단이 둘로 나뉘었다. 모터로 움직이는 탓에, 기름

냄새가 나고 시끄럽고 상스러운 배들이 앞장을 섰다. 뒤에서는 냄새 없고 조용하고 품위 있는 배들이 돛으로 숲을 이룬 채 천천히, 마치 이마를 어루만지는 미풍처럼 유유하게 나아가고 있었다.

멀리, 바다 한가운데로 잿빛 조약돌을 산더미처럼 실은 배들이 지나가고, 갈매기 한 떼가 기중기 기둥으로 사용되는 마스트 주위를 돌며 배들을 따라가고 있었다. 도대체 무슨 기적이 영속적으로 일어나기에, 저런 배들이 침몰하지 않고 버티는 걸까?

앞장선 배들은 좁은 해협을 지나서 다도해 속으로 흩어져 들어갔다. 마치 부활절 날, 계란을 찾으러 흩어져 가는 아이들처럼.

우리는 양편 바위에 다시마가 가득 붙어 있는 수로를 통과했다. 그보다 더 좁은 또 하나의 수로를 지나자, 환초호 같은 곳이 나타났다. 하얀 모래로 둘러싸인 초록빛 석호였다. 우리보다 먼저 닻을 내린 여남은 척의 배들은 벌써 텅 비어 있었다. 햇빛을 받으며 건들건들 흔들리고 있는 배들이 늦게 온 우리를 비웃고 있는 듯했다.

우리는 닻을 풀고 돛을 내렸다. 우리 배에 탄 손님은 함께 가자는 권유에 응하지 않았다. 사실, 우리와 같이 간다면 수렁이나 해초를 헤치며, 그것도 종종 물이 배까지 올라오는 곳에서 오랫동안 걸어다녀야 하는데, 그것을 받아들이기에는 그의 복장이 너무 고상했다.

우리는 그와 헤어지기 전에 한 사람씩 돌아가며 다정한 손길로 그의 어깨를 토닥여 주었다.

「행운을 빌어요, 호세 마리아. 이제부터 참관하실 장면은 우리 고장에서나 볼 수 있는 특별한 거예요.」

「이 고장의 세시 풍속에 관심이 많으시다니 잘됐군요…….」

「우리에게 한사리는 일종의 카니발이에요. 이해하시겠어요? 한사리가 있는 날에는 모든 것이 허용되거든요.」

「그래요, 모든 것이 허용되죠.」 생텍쥐페리 여사가 얼굴을 붉히며 꿈꾸는 듯한 표정으로 한마디 거들었다.

그가 혼자 있기를 원했으므로, 우리는 미안한 마음 없이 그를 남겨 두고 떠났다. 사냥을 좋아하는 유구한 유전 형질이 우리에게 되살아났다. 가장 개명한 인간 축에 드는 우리 아마추어 번역자들이 선사 시대의 열정에 사로잡힌 것이다. 새우잡이 그물을 창 삼아 들고, 우리는 대대손손 비밀로 전해져 온 우리만의 사냥터로 성큼성큼 걸어갔다.

38

세뇨르 페르난데스는 부에노스아이레스로부터 1만 2천 킬로미터 떨어진 곳에서 낯선 풍광을 마주하고 홀로 서 있었다. 문득 자기가 멋모르고 너무 내밀한 곳에 들어왔다는 느낌이 들었다. 그는 마치 애티를 벗을 만큼 자랐으면서도 그 사실을 잊고 어머니 치맛자락 속에 몸을 숨긴 아이처럼 당황하고 있었다. 간조에 드러난 바닷속이 여인의 깊은 곳을 닮았기 때문이었다. 그 향기와 살빛 색조, 그 부드러운 윤곽, 거기에 무성히 자란 나긋나긋한 바닷말, 그 신선한 물기 등은 영락없이 여인의 내밀한 곳에서 보고 맡고 느낄 수 있는 것들이었다.

세뇨르 페르난데스는 성호를 그었다. 그는 비로소 깨닫고 있었다. 하느님이 매년 한사리를 그렇게 적게만 허용하시는 까닭이 무엇인지. 또, 바다가 인간에게 그 고혹적인 곳들을 드러내기가 무섭게, 하느님이 되도록 빨리 그곳을 덮어 버리라고 바다에 명령하는 까닭이 무엇인지를. 그는 자기 안에 퍼져 오는 흥분된 감정에서 벗어나기 위해, 라이카와 니콘을 어깨에 걸고 배를 떠나 커다란 바위로 올라갔다. 그럼으로써 그는 기둥 꼭대기로 도피해 고행을 했다는 옛 수도사들의 전략을 되살린 셈이었다. 물론 그런 곳에 올라간다고 해서 반드시 오감의 현기증을 더 쉽게 물리칠 수 있다는 보장이 있는 건 아니지만.

그의 눈앞에 끝 간 데 없이 펼쳐진 광경은 브르타뉴 같은 느낌이 전혀 들지 않았다. 오히려 아시아의 어느 곳에 와 있는 듯한 느낌이었다. 물풀과 바닷말과 물웅덩이들이 노란 햇살을 받으며 부드럽게 반짝였다. 아시아의 광활한 논을 연상케 하는 너른 펄에서 수백의 작은 형상들이 쉬지 않고 일하고 있었다. 그들의 모습이 참으로 감동적이었다. 자기의 〈구석〉에 그토록 집착하고 자기만 아는 비밀을 그토록 자랑스러워하면서도 서로 도와 가며 나란히 서서 일하는 사람들! 프랑스 인의 자아는 언제나 고독한 군마를 타고 간다. 밀집한 군중 속에 희석되어 있을 때조차.

바위에 앉아 있던 갈매기들은 이상한 기계들을 몸에

건 자그마한 남자가 저희들의 영역을 침범하자, 잠시 자리를 떴다. 그러다가 그가 해를 끼칠 사람이 아님을 알아차리고 다시 그의 곁으로 내려왔다. 그는 관객들이 가슴을 설레며 막이 올라가기를 기다리고 있는 극장 객석에 앉듯이 갈매기들 사이에 앉았다.

39

금발의 여자 하나(하느님은 이 고장 아낙네들이나 아이들에겐 금빛이 가장 잘 어울리는 색깔이라고 생각했음이 틀림없다)가 다가오고 있었다. 그녀는 썰물의 마지막 물결에 이리저리 쓸리는 모래곶 위에서 걸음을 멈췄다. 빨강새우(학명 팔라이몬 세라투스)를 잡으러 온 여느 여자들과 전혀 다를 게 없는 여인이었다. 그런데, 그녀가 갑자기 심상치 않은 행동을 보였다. 들고 있던 그물을 홱 내던지고, 어깨를 기울여 바구니를 내려놓더니, 스카프를 풀고 즈크화를 벗은 다음, 빨간 모직 셔츠의 단추를 재빨리 끄르는 거였다. 그녀는 너무 커 보이는 카키색 군용 반바지에 윗몸에는 이 고장의 제복이나 다름없는 가로줄 무늬 속옷을 입은 차림으로 바뀌어, 하얗게 빛나는 모래곶 한가운데에 서 있었다. 고만고만한 색깔들이 미묘한 농담의 변화를 보이는 그

곳에서 모래의 흰색은 다소 엉뚱한 느낌을 주었다. 그녀는 자기 앞의 수평선을 응시하다가 스르르 눈을 감았다.

한 남자가 그녀 가까이로 다가오고 있었다. 남자는 끝이 굽은 기다란 갈고리를 들고 있었다. 그것은 굴곡이 많은 작은 구멍 속에 집어넣어 게를 잡거나 전복을 떼어 낼 때 사용하는 연장이었다. 그의 손에는 또 하나의 연장이 들려 있었다. 그것은 마치 정원에서 갈퀴질을 하듯이 조약돌을 긁어서, 껍데기에 둥근 맥이 겹겹이 돌라 있는 백합(白蛤)을 찾아낼 때 쓰는 쇠갈퀴였다.

남자는 그냥 지나치는가 싶더니, 갑자기 여자에게 달려들었다. 연장은 그새 어디에 두었는지 손에 들려 있지 않았다. 여자는 장난스럽게 남자의 머리를 헝클어뜨렸다. 두 사람은 아무 말 없이 축축한 모래 위로 미끄러졌다.

앞에서도 말했듯이, 페르난데스는 부에노스아이레스의 야간 풍속에 익숙해져 있는 사람이었다. 그런 사람에게는 달아오른 몸들이 섞이는 광경이 그다지 새로울 것이 없었다. 그보다는 오히려 몸짓에 곁따르는 소리가 그의 마음을 흔들었다. 두 사람은 사랑의 행위를 하면서 줄곧 이야기를 나누고 있었다. 그것도, 아주 크고 쾌활한 목소리로. 아마 몸짓보다 말이 그들을 더 행복하게 만들어 주는 모양이었다. 「아, 고마워, 이렇게 매력을 유지해 줘서. 당신을 향한 내 열망은 조금도 변화가 없어.」「당신은 어쩌면 이렇게 사람이 부드럽지?」「당신의 살결을 얼마나 꿈에 그렸는지 몰라.」「다시는 두려워하지 않을 거야.」「날 데려가 줘.」

페르난데스는 체류 초기부터 육체적인 사랑의 현장을 찾아 헛되이 돌아다닌 바 있었다. 그런데, 바로 그 현장으로부터 올라온 소리가 황홀한 음악이 되어 그를 취하게 하고 있지 않은가. 그 음악은 식탐 많고 색탐 많은 프랑스, 라블레와 모파상의 프랑스가 외국인 방문객에게 주는 선물이었다.

그는 카메라와 렌즈를 바꾸기로 하고, 니콘 F2에 4백 밀리 렌즈를 끼웠다. 그런 다음, 가장 가까이에 있는 두 남녀는 계속 사랑에 몰두하도록 내버려 두고, 카메라를 다른 사람들이 있는 쪽으로 돌렸다. 그가 서 있는 바위 아래에서 멀리 수평선에 이르기까지, 곳곳에서 진풍경이 벌어지고 있었다. 한쪽에서 태연하게 새우잡이를 계속하고 있는 사람들의 눈에 아랑곳하지 않고, 남녀들이 짝을 지어 모래 위나 바닷말 위에서, 혹은 석호 가장자리에서, 아니면 바위에 등을 기댄 채 운우지락을 나누고 있었다.

그렇다고, 그 교합들이 그의 발아래에서 진행되고 있던 그것처럼 모두 간통의 성격을 띤 것으로 생각해서는 안 될 일이었다. 세뇨르 페르난데스는 그 교접하는 남녀들 중에 아까 물후미를 빠져나올 때 서로 욕하며 싸우던 부부들이 있음을 카메라 파인더를 통해 분명히 확인했다. 부부가 그렇게 한풀이하듯이 신랄하게 싸우는 것은 그들 사이에 관계가 지속되고 있다는 것, 그리고 서로 꿀릴 짓을 안 해서 떳떳하다는 것을 의미한다.

가련한 섬사람들! 너무 많은 식구들이 한데 뒤섞여 살다 보니, 집에서는 사랑을 하더라도 은밀하고 조용하게 할 수밖에 없는 사람들……. 그들은 간조(계수 115) 덕분에 드러난 넓은 공간을 몇 시간 동안이나마 마음껏 활용하고 있었던 것이다. 멀리 하얀 점으로만 겨우 보이는 신호탑에서 가장 성능 좋은 망원경으로 수평선을 샅샅이 살피는 자들이 있을지는 모르지만, 아무리 그래 봤자 그건 헛수고일 뿐이었다. 그 열광적인 사랑은 걱정에 찬 그들의 청교도적 감시가 전혀 미치지 않는 곳에서 이루어지기 때문이었다.

아, 아름다운 축제여! 우습다고 활활 부럽다고 훨훨,

춤추는 갈매기들 아래에서 펼쳐지는 인간의 축제여![16]

바위 아래에 있던 두 연인은 축축하게 젖은 몸으로 다시 일어나더니, 마주 보고 선 채로 다정한 눈길을 주고받고 있었다. 페르난데스는 눈을 감았다. 그에겐 자기 나름의 도덕이 있었다. 몸과 몸이 만나는 장면은 몸짓 하나 놓치지 않고 뻔뻔하게 훔쳐봐도 괜찮을지 모르지만, 영혼과 영혼이 만날 때는 조용히 대화를 나눌 수 있게 해주어야 한다는 게 그의 생각이었다. 하지만 그의 결심은 오래가지 않았다. 그는 이내 눈을 다시 떴다.

작별의 입맞춤을 하려는 듯 여자가 두 손으로 남자의 머리를 감쌌다. 두 사람의 표정이 자못 심각했다. 헤어지기가 못내 섭섭한 모양이었다.

「내년에 다시 만나요.」 여자가 말했다.

「몸 건강히 잘 지내요.」 남자가 말을 받았다.

두 사람은 서로에게서 떨어져 등을 돌렸다. 그러고는 너무 단호하다 싶은 발걸음으로 어딘가를 향해 줄달음을 놓았다. 그들이 달려가는 곳은 틀림없이 각자

16 화자의 출생과 관련된 간단한 전기적 사실 하나를 밝히고자 한다. 화자는 어느 해 3월 22일에 태어났다. 화자의 어머니가 화자를 잉태한 것은 전해 6월 18일에 있었던 간조(계수 108) 때일 것이다 — 원주.

의 가정일 터였다.

페르난데스는 그제야 자기가 감정의 동요 때문에 셔터 누르는 것조차 잊고 있었다는 사실을 깨달았다. 결국 우리 고장의 세시 풍속은 끝내 불멸의 기록으로 남지 못하게 되었다.

40

다시 배를 타고 부두로 돌아오는 동안, 우리는 각자 겪은 일들을 앞다투어 이야기하고 아직 팔딱거리고 있는 포획물을 서로 비교했다. 하지만, 우리의 손님은 내내 말이 없었다. 배가 부두에 닿자마자, 그는 여전히 생각에 잠긴 채 아무 말도 없이 자리를 떴다. 우리는 멀어져 가는 그의 뒷모습을 보면서 미소를 지었다. 그가 가는 곳이 어디인지를 알 것 같았기 때문이다. 그는 우리 섬에서 바다를 바라보기가 가장 좋은 오르베라는 언덕으로 가고 있었다. 거기에서 그를 기다리고 있는 것이 무엇인지 우리는 잘 알고 있었다. 언덕에 올라 그가 얻을 것이라곤, 수평선은 말이 없다는 슬픈 깨달음뿐이었다. 바다가 이미 밀물로 모든 것을 다시 덮어 버린 뒤라, 사랑의 몸짓이든 말이든 그 현장이든 자취가 남아 있을 리 없었다. 바로 그런 무상함을 보면서, 우리는 바

다가 세월과 같다는 것을 아주 이른 나이에 깨달았던
것이다.

41

물론 우리는 세뇨르 페르난데스에게 번역가에 관한 이야기를 여러 차례 들려주었다. 그때마다 그는 감탄을 아끼지 않았다.

「여러분 친구라는 그 양반, 정말 매력적인 분이로군요. 그런 분이 그토록 절망적인 곤경에 빠지다니!」

마찬가지로, 우리는 번역가에게도 그 아르헨티나 사람의 전리층을 이용한 활약에 대해서 이야기했다.

「하늘을 공모자로 삼고 있는 사람이라면…….」 번역가는 한 번도 말을 끝맺는 법 없이 그렇게 중얼거리곤 했다.

그런데, 두 사람은 서로 뒤질세라 갖가지 핑계를 대면서, 상면하는 것을 한사코 피했다. 결국 그들은 지척에 살면서도 마지막 날까지 서로 만나지 않았다.

아마 왕년의 피아니스트였던 두 사람 모두에게 피아

노에 얽힌 가슴 아픈 추억이 있었던 탓이 아닐까? 그들은 서로 만나게 되면 그 추억이 되살아나지 않을까 두려워했는지도 모른다.

아니면, 장 콕토가 아직 살아 있던 시절에 두 사람이 아주 사사로운 어떤 일에 같이 묶여 있었던 것 때문일 수도 있다. 혹시 그들은 과거의 함정에 다시 빠지는 것을 어떻게든 피하고 싶었던 것이 아닐까?

42

8월 31일 새벽 4시쯤, 지붕에서 석판석 기와가 덜그럭거리기 시작했다. 전나무 벽이 삐걱거리고, 바람은 문틈으로 새어 들며 고양이 우는 소리를 냈다. 나무들은 바람의 장단에 맞추어 이리저리 흔들리고, 배의 돛 올리는 줄은 돛대를 후려치며 잘그락거렸다. 하늘은 우리 고장을 떠나기로 결심한 듯, 흑단빛으로 검게 물든 채 남쪽으로 아주 빠르게 달아나고 있었다. 시간이 되었는데도 날이 밝아 오지 않았다. 마치 은하 밑 고미다락의 뚜껑 문이 열려서 어둠이 지상으로 쏟아져 내리는 듯했다.

섬 전체가 배처럼 닻줄을 끌며 앞뒷질을 하고 있는 것 같았다. 그렇게 매우 강한 돌풍이 불 때, 우리를 안심시키는 것은 우리에게 사전과 백과사전, 만년 박사과정 연구자들이 쌓아 놓은 어마어마하게 많은 문서가 있다는 사실이었다. 그 서적들, 꽉꽉 눌러 놓은 그 막대한 양의 문서보다 더 무거운 게 무엇이 있을까? 우리 섬이 배라면, 그것들은 닻과 바닥짐 구실을 한다. 그것들이 없었다면, 우리 섬은 벌써 오래전에 침몰했거나 정처 없이 표류하게 되었으리라. 땅속에서 쿵쿵거리는 소리가 들려왔다. 폭풍우가 이를 뽑듯이 우리를 화강암에서 떼어 내려 하고 있었다.

나는 종종 이런 생각을 한다. 카리브해의 섬들은, 풍력 계급 12의 싹쓸바람에 해당하는 북동풍이 브르타뉴의 피니스테르에서 빼앗은 땅덩이들을 그 바람의 사촌인 무역풍이 아메리카 쪽으로 밀어낸 것이라고. 또, 내가 그 여행에 참여할 수 있었다면 얼마나 좋았을까 하고.

그런데 그토록 험악한 날씨에 아랑곳하지 않고, 비상하는 순간의 스키 점프 선수처럼 몸을 앞으로 기울인 채 물후미를 따라서 부지런히 걷고 있는 사람이 있었다. 바로 우리 섬의 본당 신부였다. 그는 머리에 쓴 삼각 모자가 벗겨지지 않도록 두 손으로 꼭 잡고 있었다. 바람이 너무 강해서 도저히 모자를 쓰고 있을 수 없게 되자, 그는 걸음을 멈추고 잠시 머뭇거렸다. 수단의 호주머니에 넣어 둘 수 있으면 좋으련만, 옷을 마구

헤쳐 대는 바람에 맞서 그 거추장스러운 모자를 안전하게 지켜 줄 만큼 넓은 호주머니는 없었다. 그는 주위를 휘휘 둘러보았다. 아무도 없었다. 광풍이 맹위를 떨치는 세상 속에 그는 홀로 있었다. 그는 몸을 숙여 삼각 모자를 어떤 골담초 밑에 감추었다. 그런 다음, 성호를 긋고 주님께 재빨리 기도를 올렸다. 혹시 있을지도 모르는 도둑들로부터 모자를 지켜 달라고. 기도가 끝나자, 그는 광풍에 맞서 싸우며 다시 나아가기 시작했다.

다른 섬사람들은 나돌아 다니는 것을 삼가고 모두 집에 있었다. 그렇게 폭풍우 때문에 꼼짝없이 집에 갇혀 있어야 하는 날이면, 그들은 심심하다 못해 이런 장난을 친다. 먼저 청우계의 유리를 톡톡 두드린다. 그러다가 하늘을 향해 두 팔을 번쩍 들어 올리고 소리친다. 〈아, 하느님, 이 청우계가 언제까지 이렇게 계속 내려갈 겁니까?〉 하고. 그러고는 다시 유리를 두드리기 시작한다. 그런데, 우리 신부는 무슨 급한 용무가 있기에, 그리도 악착스럽게 비바람을 무릅쓰고 있었던 것일까? 어떤 불행한 이에게 병자 성사(病者聖事)의 위안을 베풀러 가는 것이었을까? 그건 아니다. 그런 경우라면, 날씨가 그렇게 험악하더라도 복사(服事) 아이 하나를 앞세워 갔을 것이다. 어쨌거나, 신부는 한 걸음 한 걸음씩 꿋꿋하게 나아가고 있었다. 발아래에 내려다보이는 바다는 청동색이었다. 바다와 화강암이 대결하는 태곳적부터의 전쟁이 다시 벌어지고 있었다. 바다는 그 어느 때보다 격렬하게 쉴 새 없이 기슭을 공략했다. 제법 높은 절벽에서 내려다보고 있는 신부에게까지 이따금 비말이 튀어 올라왔다.

원고 마감일인 운명의 9월 1일까지는 하루밖에 남아 있지 않았다. 우리는 작업을 더욱 서둘러야 했다. 아마추어 번역자들 중에서 전날 밤에 잠을 제대로 잔 사람은 아무도 없었다. 우리는 서로에게 수시로 전화를 걸어 정보를 교환하거나 열의를 북돋웠다. 나는 청우계 장난을 끝내고 책상으로 돌아갔다. 오전 내에 질에게 넘겨주어야 할 것이 있었다. 그것은 책의 내용을 요약하는 뒤표지 글을 초역한 원고였다. 〈주인공 밴이 솔직하고 생생하게 전해 주는 나머지 이야기는 에이다와 함께 벌인 기나긴 사랑의 모험을 주제로 삼고 있다…….〉

질은 내 원고를 다시 읽으면서 지우기도 하고 고치기도 할 거였다. 왼손으로는 모직 빵모자를 계속 쓰다듬으면서. 말이 나왔으니 하는 얘긴데, 그 감색 빵모자는 그의 머리통에 아주 꼭 맞았다. 그래서 언뜻 보면,

그의 머리가 감색 대머리로 보이기도 했다.

그 소란스러운 폭풍우의 와중에서는, 시냇물처럼 차분하고 맑은 소리로 졸졸거리는 나보코프의 글을 따라가기가 쉽지 않았다. 〈격자창이 달린 회랑, 고운 빛깔로 채색된 천장, 개울의 물망초 속에 떨어진 예쁜 장난감…….〉 무엇보다 문이 북처럼 울려 대는 바람에 일을 계속할 수가 없었다. 저는 온갖 고통을 참고 견디고 있는데 우리가 관심을 가져 주지 않으니까 무척 샘이 나던 모양이었다. 나는 가련한 생각이 들어서 문의 나무를 달래고 손잡이를 어루만져 주러 갔다.

「이젠 귀까지 어두워진 거로군!」

삼각 모자를 쓰지 않은 신부가 문간에 서 있었다. 그는 무엇이 되게 마려운 사람처럼 한 발을 다른 발 위에 올려놓고 지그 춤[17]을 추듯 몸을 흔들고 있었다. 나는 신부에게 들어오라고 했다. 신부보다 바람이 먼저 들어와 종잇장들을 흩뜨리고 괴발개발 써놓은 내 원고를 뒤죽박죽으로 만들어 버렸다. 신부는 내 말에는 아무 대꾸도 않고 다짜고짜 하늘을 가리켰다.

「다들 이해하겠지?」

그의 오른손 집게손가락이 가리키는 곳에는 빠르게

17 모음곡으로 쓰인 무곡으로 17~18세기의 기악.

흘러가는 먹장구름이 있을 뿐이었다.

그 먹장구름은 아일랜드가 강도 높은 저기압을 우리 쪽으로 얄밉게 떠넘김으로써 생긴 것이었다. 그것은 전에도 숱하게 있었던 일이기 때문에, 새삼스럽게 이해하고 자시고 할 게 없었다. 「무슨 말씀이신지요?」

「성서가 그리스어로 처음 번역되었을 때, 어떤 일이 벌어졌는지 아는가?」

나는 무지를 고백했다.

「그날, 세상이 갑자기 컴컴해지더니, 밤이 사흘 동안 계속되었다는 거야. 유대인들의 말이 항상 옳다고 생각하는 건 아니지만, 그들은 〈사흘간의 밤〉이라고 분명히 말하고 있네. 그런 얘기를 농담 삼아 할 사람은 없을 테니까 진짜 있었던 일일 걸세. 하느님은 바벨탑의 건설자들을 벌하셨어. 섬은 쉽게 부서질 수 있네. 내가 자네들에게 얘기했지?」

그는 인사도 없이 다시 돌아서면서, 〈자네들은 깨닫지 못하고 있지만, 섬은 부서지기 쉬워〉 하고 중얼거렸다. 바람이 이내 그의 말을 되받았다. 〈섬은…… 부서지기 쉬워…….〉

그는 마지막으로 한 번 더 잡도리를 하기 위해 가가호호를 돌고 있었던 것이다.

43

문제의 9월 1일, 아마추어 번역자들과 그 가족들은 로르드로라는 집의 테라스에서 만나기로 약속되어 있었다. 배가 들어오기 훨씬 전부터 거기에 짐들이 쌓이기 시작했다. 자루, 배낭, 여행 가방, 유모차, 갖가지 색깔의 자전거, 여름 바다에서 탈취한 전리품들(서진으로 쓸 조약돌, 표류물로 떠돌던 것을 건져 낸 목재, 오징어 뼈로 만든 목걸이, 앨버트로스의 것이 분명한 거대한 새둥지……), 파리의 단조로운 일상으로 돌아가는 것을 참고 견딜 수 있게 해주는 섬의 특산물들(해변 목장에서 기른 양의 넓적다리, 아홉 가지 곡식으로 만든 빵, 리오레를 담은 공기, 제라늄의 꺾꽂이 줄기, 요트 경기에 나가 천신만고 끝에 타낸 흉측한 예술품, 축농증이 생길 것에 대비해 병에 담아 가는 바닷물 등). 떠날 시간이 다가올수록 짐은 자꾸자꾸 불어났다. 매

번 그랬듯이, 각 가정의 아버지들은 산더미처럼 쌓인 짐들의 주위를 돌면서 계속 툴툴거렸다. 「내가 이런 잡동사니를 차에 실어 줄 거라고 생각해?」

그러는 동안, 베로니크라는 꼬마는 정원을 이리저리 뛰어다니며 뭔가를 찾고 있었다. 아이는 〈공트랑, 너 어디 있니? 공트랑!〉 하면서 수국들 속으로 뛰어들기도 하고 참빗살나무며 초롱꽃 아래를 뒤지기도 했다. 공트랑이라 함은 8월 15일에 열린 바자회에서 아이가 상으로 얻은 베이지색 토끼인데, 그것이 공교롭게도 떠날 시간이 임박해서 어딘가로 사라진 모양이었다.

아래에서 그렇게 동물까지 한몫 거든 의례적인 북새판이 한창 벌어지고 있을 때, 집의 꼭대기에서는 열 살짜리 사내아이 파트리크가 지붕 밑 방의 작은 타원형 창을 통해 바다를 살피고 있었다. 그 아이가 눈이 밝다는 것은 온 섬에서 다 아는 사실이었다 — 내가 좌우를 바꾸어서 기억하고 있는지는 모르지만, 아이의 시력은 오른쪽이 1.2, 왼쪽이 1.3이었다.

폭풍우가 더욱 사나워졌다. 바람이 바다를 마구 휘저으며 고문을 가했다. 파곡(波谷)이 움푹움푹 패고 결마루가 선득선득 잘려 나갔다. 그러자 바다는 정박해 있는 배들에게 분풀이를 했다. 그 서슬에 돛대들이 남아나지 않았다. 계류 장치가 뽑혀 나간 요트 한 척이 베크상송 바위 쪽으로 표류하고 있었다. 한 남자가 너벅선을 타고 미친 듯이 노를 저으면서 요트를 뒤쫓는 중이었다. 배의 이름을 부르는 〈팡투팡, 팡투팡!〉 하는 절규가 사뭇 애처로웠다. 전투에 참여하지 않은 것은 갈매기들뿐이었다. 그들은 바람에 날개를 맡긴 채 조롱하듯 경멸하듯 수평선 이곳저곳으로 오락가락했다. 마치 스위스의 관측자들이 베르됭 전투를 높은 곳에서 느긋하게 내려다보고 있는 듯한 모습이었다. 낮 12시쯤 해서 연락선이 섬 앞바다에 나타났다.

「와요, 와요! 〈메장주〉[18]예요.」 예의 눈 밝은 아이가 소리쳤다.

「이런, 이런, 벌써 시간이 다 됐네…….」

「아직 시간 있어요. 언제나 미리 오는 건데, 뭐.」

「무슨 소리야…… 밀물은 우리를 마냥 기다려 주지 않아!」

테라스에 짐이 쌓여 갈수록 부부간의 말다툼도 점점 거칠어졌다. 겉으로 드러난 동기로 보면 사소한 말다툼일 뿐이지만, 그 밑바탕을 들여다보면 그 싸움은 그들 각자의 마음속 깊은 곳에 있는 불안감과 관련 있었

18 〈박새〉라는 뜻.

다. 즉, 여자들은 뭔가 잊고 갈까 봐 벌벌대는 것이었고, 남자들은 그 많은 짐을 운반한다는 생각에 벌써부터 씨근거리는 것이었다. 한마디로, 그것은 정착 생활자들과 유목민들 사이의 영원한 대립이었다.

「자, 자, 그만들 해.」 그들의 수호자 노릇을 하는 두 할머니, 마르그리트와 콜레트는 그 부부들의 사이가 갑자기 벌어지고 그 틈으로 찬바람이 짓쳐 들어오는 것에 놀라서, 굳은 미소를 머금은 채 손을 내저으며 그렇게 되뇌었다.

연락선은 부두에 닿기도 전에 사이렌을 울렸다. 〈서두르라, 철없는 피서객들아! 그리고 배를 무사히 타고 싶거든 하느님께 기도하라!〉 하고 우리에게 이르는 것 같았다.

서른 명쯤 되는 우리는 크기가 제각각인 노란 비옷 차림으로 서로 바싹 붙어 서서, 부두로 돌진하기에 가장 알맞은 순간을 기다리고 있었다. 아이들과 어른들이 하나가 되어, 우리는 물결을 세었다. 하나, 둘, 셋……. 전설에 따르면 일곱 번째 물결이 가장 무섭다고 한다. 전설은 거짓을 말하지 않는다. 우리가 겁에 질린 목소리로 일제히 〈여섯〉을 외치자마자, 녹색과 흰색이 어우러진 산 하나가 치솟았다가 메장주 위에 무너져 내렸다. 누군가 〈이때다!〉 하고 소리쳤다. 그것을 신호로, 노란 옷을 입은 일단의 사람들이 빗물 도랑을 무릅쓰고 내닫기 시작했다. 우리는 품에 아기를 안고 손에는 꾸러미를 든 채, 길고 긴 화강암 방파제 위를 숨차도록 달렸다.

「더 빨리! 더 빨리 달려. 그러지 않으면 파도가 덮칠 거야.」

너울이 또 한 차례 연락선을 덮치려는 찰나, 때마침 선원들이 우리를 배 위로 끌어 올렸다.

바로 그때, 우리는 질이 방파제 초입에 다다르는 것을 보았다. 그는 마치 아무 일도 없었다는 듯 태연하기 그지없었다. 섬을 강타하고 있는 무시무시한 폭풍우도, 부두에 닿아 있는 배도, 벌써부터 새파랗게 질린 얼굴로 〈엄마, 배가 오랫동안 이렇게 흔들릴까요〉라고 묻는 아이도, 바다 건너편에서 아주 오래전부터 그의 원고를 기다리고 있는 편집자도, 더 이상 참지 못하고 닻을 올리라고 명령하는 선장도 자기와는 상관없다는 투였다.

그는 자전거를 밀고, 그 자전거는 고양이를 가득 실은 수레를 끌고 있었다. 그의 고양이들이 그 영광의 순간을 놓칠 리 만무했다. 질은 장 콕토 앞에서 쿠프랭의 작품을 초견 연주할 때 입었다던 하얀 양달령 윗옷을 다시 입었다. 그것과 한 벌을 이루었던 바지는 없어진 게 분명했다. 여행 도중에 잃어버렸거나, 삶의 굴곡에 쓸려 해지고 말았으리라. 없어진 바지 대신 그는 구김살이 많이 진 구식 벨벳 바지를 입고 있었다.

자전거 짐받이에는 회색 표지에 싸인 프랑스어판 『에이다』의 원고가 실려 있었다. 그는 엄숙하고 느린 동작으로 짐받이의 끈을 풀었다. 사람들을 극도로 짜증스럽게 할 만큼 느린 동작이었다. 연락선 선장은 그러잖아도 배의 모든 늑재가 너울의 공격에 시달리고 있던 터라, 화를 참지 못하고 눈에 칼을 세우며, 〈저 양반 미쳤구먼, 미쳐도 단단히 미쳤어〉 하고 중얼거렸다.

드디어, 질이 방파제로 들어섰다.

하얀 양달령 옷을 입은 그가 갈매기들의 축하를 받으며 바다를 가로질러 걸어오고 있었다. 천천히, 침착하게, 점잖고 당당하게, 마치 부대를 사열하는 장군처럼. 그 오만한 태도에 주눅이 들었는지 바다마저 숨을 죽이고 있었다. 바다도 저 나름의 원칙을 가지고 있는 모양이었다. 저를 괴롭히는 폭풍우의 졸개들, 우리처럼 흉측한 비옷을 입은 자들은 공격의 대상이 되겠지만, 그 여리디여린 양달령 옷 신사를 어찌 괴롭힐 수 있었으랴?

그가 다가오고 있었다. 물웅덩이를 요리조리 피하며 나아오는 빨간 구두가 분명하게 시야에 들어왔다. 바다가 마음을 바꾼 듯했다. 우리와 한통속이면서도 얕은 수작으로 저를 속이려 한 질을 용서하지 않기로 한 모양이었다. 바다는 세 차례나 솟구쳐서 그 파렴치한 자를 덮쳤다. 마지막 공격은 거의 치명타가 될 뻔했다. 그는 격류에 휩쓸렸다가, 부두 가장자리에서 기적적으로 몸을 가누었다. 그러고는 넥타이를 고쳐 매고, 박수갈채를 받으며 우리에게 왔다.

질은 그 물벼락을 맞으면서도 용케 지켜 낸 두툼한 원고 뭉치를 우리 쪽으로 들어 올렸다. 그는 자기의 걸작을 맡아 줄 사람을 찾고 있었다. 그가 선택한 사람은 세뇨르 페르난데스였다. 그는 눈을 깜박이고 입을 실룩거리면서, 페르난데스 쪽으로 다가가더니, 심하게 흔들리는 갑판 난간 너머로 자식과도 같은 그 원고 뭉치를 내밀었다.

「이것을 당신께 맡깁니다. 당신의 손은 한때 피아니스트의 손이었으니까요…….」

그는 〈다들 고맙습니다. 내년에 봅시다〉 하면서 한두 번 가볍게 손을 흔들었다. 배는 벌써 부두를 떠나고 있었다. 배의 용골이 비다 밑바닥을 심하게 긁었는지, 바닷물이 모래 때문에 뿌옇게 변했다. 그는 자전거와 고양이들이 있는 곳으로 돌아갔다. 그의 하얀 양달령과 벨벳, 그리고 고양이들의 털가죽이 하나로 어우러져, 표지판들 — 〈사유지, 출입 금지, 해변으로 돌아가시오〉 — 이 즐비한 비탈길을 올라가더니, 이내 우리 시야에서 사라졌다.

44

가엾은 에이다! 우리와 같은 배를 탄 그녀의 여행은 어떠했을까? 이리저리 까불리고 비말에 젖고 뱃멀미까지 하면서, 그녀는 어린 시절의 뭍, 즉 아디스 저택의 정원이 있고 새털 사과나무 — 시원한 줄기에 허벅다리를 바싹 붙이고 말 타듯이 앉아 놀았던 그 나무 — 가 있는 육지를 무척이나 그리워했을 것이다.

가엾은 에이다! 우리가 그녀를 선실로 데려갔을 때, 그녀는 바닥에 물을 뚝뚝 흘리고 있었다. 우리가 온갖 사랑을 다 퍼붓고, 은유에 대한 열정을 아낌없이 쏟아부은 그 에이다가 말이다.

생텍쥐페리 여사는 회색 표지에 싸인 원고 뭉치를 펼쳤다. 우리는 마치 사고당한 사람 주위에 몰려드는 구경꾼들처럼, 발뒤꿈치를 들고 기웃거렸다.

에이다의 몰골은 처참했다. 종잇장이 서로 달라붙고

글줄이 뭉개어져 있었다. 손으로 써서 정정한 부분은 피해가 더욱 심했다. 잉크가 번져 나가 문단 전체를 물들여 버렸기 때문이다. 예를 들어, 밴이 자기 처제에게 몸을 맡기고 싶은 유혹을 뿌리치기 위해 욕실에 들어가서 〈색정의 바닥짐을 과감하게 덜어 버리는〉 대목이 그러했다. 그곳을 물들인 푸르스름한 색조는 근친상간에 맞서 용감하게 싸우는 일화보다는 『어린 왕자』의 한 대목이 더 잘 어울릴 것 같았다.

에이다가 우리 곁을 떠나 다시 원점으로 돌아가려 하고 있었다. 나비 채집가 블라디미르가 가볍게 휘파람을 불면서 그녀를 꺼내 주기 전의 그 백지 상태로.

「원, 세상에, 에이다가 지워지고 있어요. 이거 봐요. 세상에 이럴 수가, 에이다가 지워지다니.」

만년 박사 과정 준비생 장폴이 에이다 구출 작전의 지휘를 맡았다. 배의 옆질이 갈수록 심해지고 있었음에도, 우리는 글씨가 지워질 염려가 있는 종잇장들을 걸상 위에 죽 늘어놓았다. 그런 다음, 혹자는 손수건을 꺼내고 혹자는 스카프를 풀었다. 그도 저도 없는 사람은 셔츠 자락을 끄집어냈다. 우리는 간호사들처럼 정성을 기울여 우리 소중한 에이다의 가장 많이 젖은 부분들을 하나하나 말려 주었다. 그렇게 해서, 밴이 경쟁

자 퍼시와 결투를 벌이는 대목이라든가 너무나 싹싹한 커듈라가 초라한 여관에서 심홍색 치마를 걷어 올리고 거기 있는 사람에게 두 차례나 쾌락을 느끼게 해주는 대목 등이 위기를 모면했다.

객실 안쪽에서 곰팡내 나는 구명 튜브에 기대어 몸을 옹송그리고 있던 아이들은 우리의 구조 활동에 흥미를 느낀 나머지 뱃멀미조차 잊고 있었다.

「저기, 저 종이 속의 부인 말이에요, 그 여자 다시 돌아오게 될까요?」

「그럼, 돌아오고말고. 우리가 때맞춰 손을 쓴 것 같구나.」

구조 작업이 제때에 이루어졌다고 판단하고, 나는 다시 갑판으로 올라갔다.

메장주가 물후미를 벗어나고 있었다. 배의 요동질이 더욱 심해졌다. 이전의 모든 요동은 그저 맛보기일 뿐이었다. 바다가 보기에 우리는 죄인이었다. 두 해 여름 동안 바다를 업신여긴 중죄인이었다. 바다는 이제 우리를 본격적으로 혼내 줄 참이었다. 우리를 삼켜 버리기 위해, 바다는 저의 능력과 투지와 간계를 모두 발휘할 것이었다.

멀리, 우리가 떠나온 테라스에는 가로돛처럼 네모진 하얀 건물을 배경으로 이리저리 흔들리는 두 사람의 작고 거뭇한 형체가 있었다. 올리브나무처럼 뒤틀린 커다란 월계수 근처에서 마르그리트와 콜레트가 우리를 배웅하고 있었던 것이다. 그것이 그 두 할머니의 습관이었다. 그렇게 여름 나그네들을 보내고 겨울로 들어가기 위해 돛을 올리는 것이었다.

에필로그

총재님께

먼저 제가 이런 고귀한 사명을 맡을 수 있도록 배려해 주신 것에 대해 진심으로 감사드립니다. 그 사명에 따라, 저는 8월 10일과 11일에 걸쳐 총재님의 자상하고도 온당한 관심을 끌고 있는 그 섬에 다녀왔습니다.

심미적인 감동이 공무를 수행하는 조사원의 판단에 영향을 미쳐서는 안 되겠지만, 저로서는 다음과 같은 사실을 알려 드리지 않을 수 없습니다. 구불구불한 길들을 따라서 바다 쪽으로 내려가노라면 눈앞에 펼쳐지는 풍광에 숨이 멎을 듯합니다. 수백 개의 분홍빛 바위들이 수평선까지 점점이 흩어져 있고 그 바위들 사이로 온갖 형태의 돛배들이 미끄러져 가는 넓디넓은 청색 해원(海原)을 상상해 보십시오.

푸르스름하게 도드라진 본도(本島)가 멀리서 이 물낯에 뜬 대가족을 보살피고 있습니다…….

이런 식의 공식적인 보고서가 유네스코 총재에게 전달되고, 그 보고서의 권고를 바탕으로 우리의 천국이 〈언어 보전 지역〉의 범주에 드는 인류의 문화유산으로 지정되면, 우리 군도에 새로운 시대가 열릴 것이다. 나는 그런 시대가 꼭 오리라고 장담한다. 한두 세기만 기다리면 충분하다. 어쩌면 그보다 적게 걸릴지도 모른다.

그때 가면, 사람들은 세계 공통어가 횡행하는 세상을 피해 우리 섬에 일종의 피정(避靜) 같은 것을 하러 올 것이다. 그리하여, 거의 잊힌 옛날 언어로 전락해 버릴 우리 말을 통해 인생의 몇몇 단면들을 새롭게 경험하게 되리라. 어쩌면 다음과 같은 갖가지 교육 프로그램도 생겨날지 모른다. 〈질투의 재발견〉(보름), 〈슬픔이 주는 기쁨〉(1주일), 아니면 감정의 세계를 피하고 싶어 하는 사람들을 위한 것으로 〈바다에 관한 어휘〉(3개월), 〈식물 이름 알기〉(2개월) 등…….

삶과 언어의 미묘한 결을 새로이 볼 줄 알게 된 방문객들은 세계어의 단조로움에 꿋꿋이 맞설 수 있는 힘을 얻고 흡족한 마음으로 섬을 떠나게 될 것이다.

앞서 이야기한 두 해 여름 이후로 벌써 많은 세월이 흘렀지만, 그런 시대는 아직 오지 않았다.

겉으로 보기에는 달라진 게 아무것도 없다. 여전히 갈매기가 끼룩거리고 수국이 자라며 바다가 밀고 썬다. 봄에는 호저(豪猪)가 돌아다닌다. 본당 신부는 선임자들이 그랬던 것처럼, 신앙의 의미를 우리에게 다시 일깨우기 위해 고행 수도자들의 재미있는 이야기를 계속 주보에 싣는다. 술집 〈파란 엉겅퀴〉에는 언제나 사람들이 붐빈다. 거기에서 우리는 파리를 마음껏 성토한다. 우리는 또 통킹, 혼곶 등 이제는 아무도 가지 않는 전설 속의 장소들을 회상한다.

조금 있으면, 나의 오랜 친구 둘이 길 저 끝에 나타날 것이다. 그들은 우리가 『에이다』를 함께 번역하며 행복하게 보낸 그 시절의 생존자들이다. 나는 그들이 무슨 일로 나를 찾아오는지 알고 있다.

「우리 갈까?」

섬에 살다 보면, 저녁 무렵에 숨이 막힐 정도로 답답함을 느낄 때가 더러 있다. 그럴 때는 모든 일을 중단하고 배를 타야 한다. 우리는 종종 군도 한가운데에 닻을 내리고 배에서 밤을 보낸다. 나이가 들수록 그런 밤이 잦아진다. 우리는 이제 긴 항해를 할 수 있는 나이가 아니다. 하지만, 그렇게 군도 한가운데에 정박해 있노라면 주위에 흐르는 물 때문에 항해를 하고 있는 기분이 저절로 든다.

설핏한 빛살이 스러지고 바람이 잦아든다. 이제 우리 주위에서 들려오는 소리에 가만히 귀를 기울여야 할 시간이다.

물결이 선체에 찰락찰락 부딪는 소리, 바닷말의 사르륵사르륵 소리, 물새들의 포닥포닥하는 날갯짓 소리가 들린다. 그런데, 멀리에서 날아와 섞여 드는 저 음절들은 무얼까?

루울레바이수우스, 자코샤니, 세르베로 아프리카 클로바사, 지외뇌르, 스타토르니시, 모르트배키플레스……. 나는 그런 단어들을 모두 수첩에 적어 두었다가, 오리엔트 언어 학교에 가서 사전들을 찾아본 적이 있다. 그래서 그 단어들이 각각 질투, 연인, 메르게즈 소시지, 관능적인 쾌락, 정조(貞操), 죽음의 무도(舞蹈)를 뜻한다는 것을 알아냈다. 하지만, 그 말들이 내 귀에 들려온 사연이며 그것들 사이의 연관은 밝혀 낼 수가 없었다. 어떤 기이한 소설이 그렇게 낱낱이 흩어져 있는 말들을 다시 결합시킬 수 있을까?

먼 옛날 홍진의 번잡을 피해 우리 군도의 작은 섬들

에 와서 살았다는 수도사들처럼, 〈소수파 언어〉의 사용자들이 세계어의 획일적인 지배를 피해 군도의 여기저기에 들어와 정착하는 날도 올지 모른다. 나는 그런 상상을 그다지 놀랍게 여기지 않는다. 라브레크섬엔 알바니아인들, 그 왼쪽의 베니게섬엔 체코인들, 남쪽의 라그네섬엔 핀란드인들, 난바다의 모데섬엔 바스크인들……. 그들은 자기네 언어가 죽을 운명에 처해 있다는 것을 알고 있다. 그래서 우리가 그들의 말을 더 잘 듣기 위해 다가가면, 그들은 아마 겁을 먹고 달아날 것이다.

어인 까닭인지는 알 수 없지만, 밤중에 그 음절들의 무곡을 듣고 있으면, 나는 자꾸 혼인 잔치가 생각난다. 그것은 온 가족이 한데 어우러져 신명나게 춤추고 노래하는 흐드러진 잔치판이다. 누가 누구하고 결혼하는가는 더 이상 대수롭지 않다. 그들 사이에서 말들이 춤을 춘다. 말들도 저희 깜냥대로 행복을 서로 주고받는다…….

나의 벗들은 벌써 서로의 어깨에 기대어 자고 있다. 그들의 입술에 천진한 미소가 잇달아 스쳐 간다. 나는 그 미소가 무엇을 뜻하는지 알고 있다. 맨다리에서 송진 냄새가 나는 열두 살배기 러시아 집시 소녀가 또다시 그들을 호리고 있음이 틀림없다.

나도 곧 내 꿈에 빠져들 것이다. 나는 40년 전부터 똑같은 꿈을 계속 꾸고 있다. 그것은 사전들이 요트 경기를 벌이는 꿈이다. 사전들이 바다에 떠 있다. 한가운데가 펼쳐진 채로 그것들이 천천히 섬의 주위를 돈다. 바람에 책장이 넘어간다. 책장들이 잠시 네모진 돛처럼 곧추선다. 그러자, 사전들은 나의 첫돌 무렵에 태평양의 반을 횡단했던 전설적인 뗏목 콘티키를 방불케 한다.

옮긴이의 말

섬, 번역, 그리고 언어

만일 당신이 번역가라면, 그래서 어디에서든 자기 마음에 드는 곳에서 일을 할 수 있다면, 당신은 어떤 곳을 선택하겠는가?

드넓게 펼쳐진 초록빛 해원에 분홍빛 바위섬들이 점점이 흩어져 있고, 그 사이로 돛단배들이 쉼 없이 오가는 곳. 바벨탑의 폐허 같은 그 풍광이 언어의 뱃사공인 당신에게 끊임없이 영감을 가져다주는 곳. 간만의 차가 큰 조석이 하루에 두 번씩 밀고 썰며 당신의 머리를 맑게 씻어 주는 곳. 따뜻한 해류가 스쳐 가면서 구름을 주눅 들게 하고 공기를 늘 다사롭게 만들어 주는 곳. 수국, 아가판투스, 미모사, 알로에, 종려나무 등 여러 위도의 식물들이 한데 어우러져 풀, 나무 이름 짓기의 묘미를 일깨우는 곳, 우리의 주인공 질이 선택한 B 섬이 바로 그런 곳이다.

작가는 섬사람들에게 누를 끼칠까 싶어서, 섬의 이름을 그냥 B라고 했지만, 소설이 발표되기가 무섭게 프랑스의 언론은 그것이 브르타뉴의 브레아섬임을 만천하에 알렸다. 영향력 있는 한 시사 종합 주간지는 〈올여름엔 섬으로 가자〉며 프랑스의 여러 섬을 소개하는 특집 기사에서 그 섬을 필두에 내세우기도 했다. 그 때문인지, 작년 여름 브레아섬에는 유난히 관광객과 피서객이 붐볐다. 작가가 섬에 있을 거라는 얘기를 듣고, 역자도 그 관광객 무리에 끼여 섬에 들어갔다. 가능하다면, 거기에 얼마간 머물면서 번역 일을 해보리라는 야심까지 품은 채. 그러나 작가는 아직 섬에 도착하지 않았고, 섬이 너무나 유명한 관광지가 되어 버린 현실 앞에서 역자의 야심은 비말이 되어 흩어졌다. 비록 짧은 체류로 끝나고 말았지만, 그 방문은 소설의 분위기를 이해하고 행간에 감추어진 것을 헤아리는 데 많은 도움을 주었다. 소설 속의 두 해 여름으로부터 25년의 세월이 흘렀음에도, 우리 주인공에게 출판사의 원고 독촉 편지를 배달했던 우체국이며, 해양 엘리트의 술집이라던 〈파란 엉겅퀴〉, 섬에서 두 번째로 높은 언덕에 자리 잡은 생미셸 예배당, 섬 북쪽의 거친 들과 등대 등 많은 것이 소설 속의 모습 그대로 남아 있었다. 우리 주인공이 수요일마다 들렀다던 〈식료품 겸 철물점 겸 담배 가게 겸 문구점 겸 신문 가게〉의 유리창에는 〈여기가 바로 『두 해 여름』에 나오는 가게요〉라는 글귀와 함께 소설의 한 대목을 복사한 종이가 붙어 있었다.

이 소설에서 섬은 단지 공간적인 배경으로만 설정된 것이 아니다. 섬은 작가의 은유에 힘입어 곳곳에서 하나의 인물처럼 살아 움직인다. 공간과 인물이 이처럼 완벽하게 혼융하는 소설을 만나기란 쉽지 않을 듯하다. 그런 행복한 융화는 그 공간에 대한 작가의 지극한 애정에서 비롯되었을 것이다. 실제로 브레아섬은 작가의 삶에서 대단히 중요한 부분을 차지한다. 작가는 어린 시절부터 이 섬에서 여름 나기를 해왔다. 그것은 작가 집안의 전통이기도 했다. 파리의 중산층이었던 오르세나 집안은 1880년 섬에 집을 장만한 이래 대대로 그곳에서 여름을 보냈다고 한다. 섬은 작가의 가장 훌륭한 스승이었다. 작가의 말을 빌리면, 〈브레아는 바다이자 항구이자 학교이며, 행복과 자유와 모험과 사색이 있는 만남의 장소이다〉(『리르』 1997년 6월 호).

이 소설은 번역가를 주인공으로 삼고, 번역의 여러 가지 문제를 다루고 있다는 점에서도 프랑스 독자들의 많은 관심을 모았다.

제임스 조이스의 『피네건의 경야』만큼이나 번역이 까다롭다는 나보코프의 『에이다』를 맡고 마냥 늑장을 부리다가 출판사의 원고 독촉에 시달리는 번역가. 그리고 그의 처지를 이해하고 파리 사람들의 〈무자비함〉에 분노하며 그를 돕겠다고 나선 섬의 친구들. 작가 오르세나는 그들의 우습기도 하고 정겹기도 한 이야기를 통해, 번역이란 무엇이며 번역가의 일이란 어떤 것인지, 번역가와 작가 및 출판인은 서로 어떤 관계에 있는지를 아주 흥미진진하게 그려 낸다.

더욱 흥미로운 것은 이 소설이 실제로 있었던 사건을 바탕으로 쓰였다는 점이다. 작가는 여러 신문이나 잡지의 인터뷰를 통해 그 사실을 분명히 밝힌 바 있다. 그의 고백에 따르면, 소설 속의 번역가는 실존 인물 질 샤인이다. 그는 소설 속에서처럼 헨리 제임스와 찰스 디킨스, 제인 오스틴, 블라디미르 나보코프 등의 작품을 프랑스어로 옮긴 뛰어난 영문학 번역가였다. 그가 번역한 『에이다』는 요즘에도 프랑스의 서점에서 얼마든지 구할 수 있다. 또 소설 속에서 번역가를 흠모하며 온갖 지원을 아끼지 않았던 원예가는 실제로 『어린 왕자』의 작가 생텍쥐페리의 종손녀(從孫女)였다고 한다.

소설 초반부에 삽입된 나보코프의 편지들 역시 사실 그대로이다. 그 서신들은 번역가의 역할이 무엇인지를 잘 드러내고 있다는 점에서 주목할 만하다. 우리나라에서는 번역가들이 외국 작가에게 칭찬을 받거나 질책을 당하는 경우가 별로 없다. 외국 작가들의 대부분은 우리말을 전혀 모르기 때문이다. 물론 우리나라의 많은 번역가들은 작가가 우리말을 완벽하게 구사한다고 가정하고, 그가 우리말로 글을 쓴다면 어떻게 쓸까를 생각하면서 문장 하나하나에 심혈을 기울인다. 그런 이들에게는 참으로 애석한 일이지만, 외국 작가는 좋은 우리말 번역을 알아보지 못한다. 그러나, 영어를 프랑스어로, 또는 프랑스어를 영어로 옮기는 경우에는 사정이 전혀 다르다. 두 언어를 다 잘 아는 작가들이 많기 때문이다. 그런 작가들은 번역본이 나오기 전이든 나온 후든 번역의 좋고 나쁨을 직접 평가한다. 그 경우, 프랑스어판 『파우스트』를 보면서 어린 번역자 네르발을 칭찬한 괴테처럼 〈번역이 원작보다 낫다〉고 말하는 작가는 아주 드물고, 대개는 〈번역이 내 걸작을 망쳤다〉고 툴툴거린다. 특히 외국어에 능하다고 자부하는 작가일수록 까탈이 심하게 마련이다. 러시아계 미국 작가 나보코프가 바로 그런 작가의 전형이었다.

물론 우리 작가 오르세나의 번역가에 대한 시선은 따뜻하다. 그는 『르 수아르 일뤼스트레』라는 잡지와의 대담에서 이렇게 말한 바 있다. 〈내 서가에 꽂힌 책들을 보면, 그중의 반은 번역가들 덕분에 내게로 온 것이다. 나는 번역가들에게 경의를 표하고 싶었다. 그들은 무시당하고 쉽게 잊히며 노력의 대가를 제대로 받지 못하기 때문이다. 게다가, 그들은 내가 좋아하는 여행가나 뱃사람과 긴밀한 관련을 가지고 있다. 번역가는 우리로 하여금 언어의 바다를 건너 새로운 세계로 들어갈 수 있도록 해준다.〉

섬, 번역과 더불어 소설 『두 해 여름』을 관통하는 또 하나의 지도 동기(指導動機)는 언어이다. 〈한 처음, 천지가 창조되기 전부터 말씀이 계셨고〉, 세상 만물은 말이 있음으로써 존재한다. 에리크 오르세나가 보기에는 어디에나 말이 있고, 온갖 사물이 말로 환치될 수 있다. 군도는 산산이 흩어진 로고스의 폐허이며, 고양이는 〈털가죽으로 싸인 날말〉이고, 정원은 〈말들이 무더기 무더기 널려 있는 난삽한 공간〉이다. 은유로 가득 찬 그의 세계에서는 말과 사물이 끊임없이 서로의 경계를 넘나들고, 언어가 아주 자연스럽게 인격을 얻는다.

작가 오르세나는 소설 속에서 화자 〈나〉로 나온다. 그는 첫 소설을 준비하고 있던 스물다섯 살의 문학청년으로 그 〈에이다 작전〉에 참여했다. 그의 주장에 따르면, 그는 번역가 질 샤인을 도왔던 사람들 중에서 영어를 가장 잘했으며, 많은 영국 처녀들과 사귄 경험을 바탕으로 여자에 문외한이었던 질에게 도움을 주었다(『리르』 1997년 6월호).

에리크 오르세나는 1988년 공쿠르상 수상작인 『식민지 박람회』를 비롯해 『큰 사랑』(1993) 등 격조 높은 소설들로 세계적인 명성을 누리고 있는 작가이다. 우리나라에는 영화 「인도차이나」의 시나리오 작가로 먼저 알려진 점만 빼면, 소설 『두 해 여름』을 통해 처음으로 소개된 셈이다. 그는 작가로서뿐 아니라 최고 행정재판소 심의관, 국립 고등 조경 학교 학장, 국제 해양센터 원장 등 공직자로도 적극적인 활동을 전개하고 있다. 1981년까지 경제학 교수로 재직하다가 국제 협력부의 고문으로 사회당 정부와 인연을 맺은 후 3년 동안 미테랑 대통령의 연설문 대필자로 일한 경력도 있다. 소설 『큰 사랑』은 바로 그때의 경험을 바탕으로 엘리제궁의 특별한 삶을 경쾌하고 명철하게 형상화한 작품이다.

함축적이고 익살이 많고 기지가 번득이는 그의 글은 읽는 사람에게 아주 유쾌한 기분을 주는 장점이 있다. 그의 작품들이 진지한 주제를 다루고 있음에도 늘 대중의 폭넓은 사랑을 받는 이유 중의 하나가 거기에 있지 않나 싶다.

1998년
이세욱

두 해 여름

옮긴이 이세욱 1962년 충북 음성에서 태어나 서울대학교 불어교육과를 졸업했으며, 현재 전문 번역가로 활동하고 있다. 옮긴 책으로 베르나르 베르베르의 『제3인류』(공역), 『웃음』, 『신』(공역), 『인간』, 『나무』, 『상대적이며 절대적인 지식의 백과사전』, 『베르나르 베르베르의 상상력 사전』(공역), 『뇌』, 『개미』, 『타나토노트』, 『아버지들의 아버지』, 『천사들의 제국』, 『여행의 책』, 움베르토 에코의 『프라하의 묘지』, 『로아나 여왕의 신비한 불꽃』, 『세상의 바보들에게 웃으면서 화내는 방법』, 『세상 사람들에게 보내는 편지』(카를로 마리아 마르티니 공저), 카롤린 봉그랑의 『밑줄 긋는 남자』, 장클로드 카리에르의 『바야돌리드 논쟁』, 미셸 우엘벡의 『소립자』, 미셸 투르니에의 『황금 구슬』, 브램 스토커의 『드라큘라』, 파트리크 모디아노의 『우리 아빠는 엉뚱해』, 장 자끄 상뻬의 『속 깊은 이성 친구』, 에리크 오르세나의 『오래오래』, 마르셀 에메의 『벽으로 드나드는 남자』, 장크리스토프 그랑제의 『늑대의 제국』, 『검은 선』, 『미세레레』, 드니 게즈의 『머리털자리』 등이 있다.

지은이 에리크 오르세나 **옮긴이** 이세욱 **발행인** 홍지웅·홍예빈 **발행처** 주식회사 열린책들 **주소** 경기도 파주시 문발로 253 파주출판도시 **전화** 031-955-4000 **팩스** 031-955-4004 **홈페이지** www.openbooks.co.kr **ISBN** 978-89-329-1863-1 03860 **발행일** 2004년 7월 20일 초판 1쇄 2017년 10월 30일 블루 컬렉션 1쇄

이 도서의 국립중앙도서관 출판예정도서목록(CIP)은 서지정보유통지원시스템 홈페이지(http://seoji.nl.go.kr)와 국가자료공동목록시스템(http://www.nl.go.kr/kolisnet)에서 이용하실 수 있습니다.(CIP제어번호:CIP2017026201)